Amor y fantasía

DONNA CLAYTON

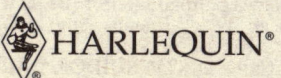

Editado por HARLEQUIN IBÉRICA, S.A.
Hermosilla, 21
28001 Madrid

© 2004 Donna Fasano. Todos los derechos reservados.
AMOR Y FANTASÍA, Nº 1907 - 10.11.04
Título original: Because of Baby
Publicada originalmente por Silhouette® Books

Todos los derechos están reservados incluidos los de reproducción, total o parcial. Esta edición ha sido publicada con permiso de Harlequin Enterprises II BV.
Todos los personajes de este libro son ficticios. Cualquier parecido con alguna persona, viva o muerta, es pura coincidencia.
® Harlequin, logotipo Harlequin y Jazmin son marcas registradas por Harlequin Books S.A.
® y ™ son marcas registradas por Harlequin Enterprises Limited y sus filiales, utilizadas con licencia. Las marcas que lleven ® están registradas en la Oficina Española de Patentes y Marcas y en otros países.

I.S.B.N.: 84-671-2270-6
Depósito legal: B-39618-2004
Editor responsable: Luis Pugni
Diseño cubierta: María J. Velasco Juez
Fotomecánica: PREIMPRESIÓN 2000
C/. Matilde Hernández, 34. 28019 Madrid
Impresión y encuadernación: LITOGRAFÍA ROSÉS, S.A.
C/. Energía, 11. 08850 Gavá (Barcelona)
Fecha impresión Argentina:7.1.06
Distribuidor exclusivo para España: LOGISTA
Distribuidor para México: CODIPLYRSA
Distribuidores para Argentina: interior, BERTRAN, S.A.C. Vélez Sársfield, 1950. Cap. Fed. / Buenos Aires y Gran Buenos Aires, VACCARO SÁNCHEZ y Cía, S.A.
Distribuidor para Chile: DISTRIBUIDORA ALFA, S.A.

PRÓLOGO

FERN, venga, deja de hacer el tonto!
—Va a haber problemas, lo presiento.
—Dejadme en paz —Fern ignoró las advertencias que sus compañeras le hicieron desde fuera de la ventana abierta del cuarto de la niña, abrió las alas e hizo una pirueta que provocó la risa de la pequeña que estaba en la cuna.

Esa mañana iban a llevarse a Katy de Irlanda y Fern estaba decidida a aprovechar hasta el último momento disponible con ella.

En Sidhe, el país de las hadas en Irlanda, no se veía bien el contacto con los humanos. Bueno, en realidad, confraternizar con la niña como ella estaba haciendo iba en contra de las reglas.

Pero Fern no podía evitarlo. Los niños pequeños eran puros, sus pensamientos y percepción aún no estaban maleados. Debido a esto, no tenían motivo para no creer en la existencia de las hadas; por ello, a Katy su inocencia le permitía ver a Fern.

Katy era un bebé especial. Fern dio una voltereta y se detuvo delante de la niña antes de darle un beso en la sonrosada mejilla; después, ascendió y se quedó observando esos ojos llenos de imaginación. Sí, Katy era tan especial como lo había sido su madre.

Maire. La madre de Katy había sido la alegría de Fern durante años. Su amistad con Maire le había causado incesantes amonestaciones, pero no le había importado.

Pero Maire había desaparecido. Hacía ya tiempo partió a unas tierras lejanas llamadas América. Al cabo de un tiempo, regresó acompañada de un marido, un hombre interesante de hipnótica mirada oscura. Fern comprendió al instante el motivo por el que Maire había entregado su corazón a Paul Roland. Ella misma se habría enamorado de él de no estar completamente prohibido.

Durante su última visita a Irlanda, el vientre de Maire estaba abultado. Fern había oído a los humanos hablar sobre la inminente llegada de un bebé.

Sin embargo, ese año, Paul había regresado a Irlanda sin Maire, y fue cuando Fern conoció a Katy. Al principio, le había sorprendido la ausencia de Maire, pero jugar con el bebé era más divertido que devanarse la cabeza pensando en lo desconocido. A las hadas no les gustaba mucho preocuparse por las cosas.

—¡Vamos, que viene! Fern, sal de ahí. ¡Vamos, sal ahora mismo!

Mirando hacia la puerta, Fern sonrió al ver a Paul. Las alas le temblaron y la piel se le erizó. Era la criatura más extraordinaria que había visto en su vida.

—¡Fern!

Fern lanzó a sus amigas una mirada irritada.

—¿Es que no os dais cuenta de que no puede verme? No corro ningún peligro.

En realidad, Fern había pasado más tiempo con Katy del normal porque quería ver a Paul. Ya se había despedido de la niña; sin embargo, quería desearle buen viaje a él también. Lo que sentía por ese humano era peligroso, lo sabía; pero Paul se marchaba ese día y Fern no sabía cuándo volvería a verle.

—Eh, hola, cariño —le dijo Paul a su hija.

Fern suspiró al oír aquella voz aterciopelada.

—Bueno, tenemos que marcharnos ya —Paul sentó a su hija en la cuna y Fern voló hacia ella.

—Pa...pa... —la pequeña sonrió—. Ayós.

—Sí, vamos a decir adiós a los abuelos, Katy. Lo hemos pasado muy bien con ellos, pero tenemos que volver a casa. Y ahora tenemos que vestirte.

Fern voló hasta el lugar en el que mejor podía ver aquellos maravillosos ojos castaños. Estaba tan cerca de Katy que pudo oler los polvos de talco; y la niña, en ese momento, le rodeó el tobillo con un dedo mientras Paul se volvía para agarrar el jersey blanco de su hija que estaba a los pies de la cuna.

—Vamos allá —dijo Paul a su hija—. Vamos a ponerte el jersey, hace frío fuera.

—¡No! —Katy se llevó los brazos al pecho.

Fern lanzó una carcajada. Durante las dos últimas semanas había visto la misma escena repetidamente: el padre intentando ponerle el jersey a su hija. Era algo que parecía divertir a Paul ya que se echó a reír.

Fern estaba tan absorta mirándole que apenas se dio cuenta de cómo logró ponerle el jersey Paul a su hija.

–¡ayós... ñora!

Katy pronunció aquellas palabras al tiempo que cerraba el puño alrededor de Fern. Los dedos de la niña eran fuertes y el pánico se apoderó del hada.

–¿Señora? –dijo Paul con curiosidad.

Después, sin darle importancia, se echó a reír otra vez mientras le sacaba a su hija la mano de la manga. Fern se encontró rodando por el tejido de la manga del jersey cuando Katy la soltó y acabó en la parte interior del codo de la niña.

A Fern le galopaba el corazón, pero estaba atrapada entre el brazo de Katy y la manga.

–Yo y mi niña nos vamos ahora mismo al aeropuerto –dijo Paul–. Antes de que te des cuenta estaremos otra vez en América.

Fern oyó a sus amigas gritándole frenéticamente desde la ventana e imaginó sus expresiones de horror mientras se la llevaban.

CAPÍTULO 1

¡PRESA!
Fern intentó por todos los medios salir de la manga de la niña, pero pronto se dio cuenta de que sus esfuerzos eran vanos. Por lo tanto, como cualquier buen hada, se relajó y decidió disfrutar de la aventura, la meta suprema de las hadas.

Y desde luego iba a ser una aventura.

La primera parte del viaje le pareció realizarla en coche. Nunca había estado dentro de un coche, pero le gustó. Katy se había dormido y una suave música invadió el interior del vehículo.

Después todo fue más ajetreado. Paul llevó a su hija, y a ella también, a través de lo que a Fern le pareció una gran multitud de humanos. Tuvieron que esperar y volvieron a ponerse en marcha entre voces y frenético movimiento. ¿Y por qué tantas lenguas distintas?

Por fin, se sentaron y una persona ayudó a Paul a ponerse una cosa que se llamaba cinturón de seguridad extensible para él y su hija.

Fern sufrió unos momentos de ansiedad al oír a Katy llorar y también un rugido enorme seguido de unos temblores, pero la suave voz de Paul la tranquilizó, aunque no a Katy. Pronto, las violentas vibraciones cesaron y se dio cuenta de que estaban en el aire. Ella y otras hadas se habían maravillado muchas veces de los brillantes objetos voladores que cruzaban Sidhe, y ahora le parecía aún más increíble encontrarse dentro de uno de ellos. Sí, iba a disfrutar hasta el último segundo de su escapada.

Pero con el transcurso del tiempo los músculos se le entumecieron, el cuello empezó a dolerle y se le durmió el pie izquierdo. Katy no dejaba de moverse, a pesar de los esfuerzos de Paul por hacerla calmarse. Cuanto más se movía la niña, más calor sentía ella. Las alas perdieron su rigidez y estaba mareada.

Vio su salvación cuando Katy encogió los hombros y dijo en tono de queja:

–Calol, pa...pa.

Pero a Fern le tomó por sorpresa la fuerza con que salió expulsada de la manga. Rodó y rodó hasta caer. Desorientada, se relajó y movió las alas, aterrizando en una de las rodillas de Paul. Allí, se estiró y volvió a estirarse para relajar los músculos.

Katy empezó a lloriquear.

–¿Quieres un zumo de manzana? –preguntó Paul.

La niña continuó lloriqueando.

–Lo que te pasa es que estás cansada, cielo. Vamos a cambiarte el pañal y luego vas a dormirte un rato.

Fern les siguió a un pequeño cubículo donde

Paul cambió de pañal a su hija, pero Katy no logró calmarse. Los esfuerzos de Paul por tranquilizarla fueron vanos, y Fern se dio cuenta de que él también estaba cansado.

Con la esperanza de entretenerla, Fern hizo unas piruetas delante del rostro de Katy, pero tampoco obtuvo la respuesta deseada.

—Vamos —murmuró Paul—, tienes que dormirte un rato.

Paul salió del servicio y la puerta se cerró antes de que a Fern le diera tiempo a salir. Volvía a estar presa.

Fern decidió esperar, alguien entraría y abriría la puerta.

Frunció el ceño al pensar en sus intentos fallidos por interrumpir el llanto de Katy. Paul estaba tenso y deseó poder ayudarle.

De ser humana lo conseguiría.

¡Qué idea tan escandalosa! ¡Iba contra las reglas! La transformación de un hada en un humano estaba completamente prohibido. Podían echarla de Sidhe.

Volvió a pensar en el rostro cansado de Paul, en su negra mirada.

Había oído que algunas hadas rebeldes se habían transformado en zorros y en liebres durante un breve tiempo para poder jugar con sus amigos del bosque. Pero... ¿en humanos? Sería la vergüenza de las hadas de Irlanda.

Pero ya no estaba en Irlanda, ¿no?

Fern cerró los ojos y se imaginó a sí misma acunando a Katy. Después, se imaginó acariciando la frente de Paul. Suspiró. Podía ayudarle... podía...

Fern abrió los ojos, se miró al espejo... ¡y vio su imagen humana reflejada en él!

Paul había hecho todo lo posible por calmar a su hija, pero Katy estaba demasiado cansada y, si él había aprendido algo durante los dos años que llevaba criándola solo era que, cuando la niña estaba demasiado cansada nada la calmaba.

Le había dado los juguetes que llevaba para el viaje, contento de que los asientos que había a su lado estuvieran vacíos. Ahora la estaba acunando y cantándole una nana, pero Katy parecía empeñada en protestar y en luchar contra el sueño que tenía. ¿Por qué los vuelos de regreso siempre parecían más largos que los de ida?

Apenas se formuló la pregunta cuando vio el par de zapatillas de satén más peculiar que había visto nunca. Paul sonrió.

Su mirada pasó por unos delicados tobillos, unas bien formadas piernas y unos firmes muslos que desaparecían bajo un vestido azul. Con caderas perfectas, estrecha cintura y unos senos redondeados, la mujer que tenía delante era... Paul supuso que era un ejemplo perfecto de feminidad.

Y cuando le vio el rostro no se sintió decepcionado: unos brillantes ojos azul verdoso, una nariz respingona y una masa de rizos cobrizos que acariciaban unos hombros bronceados.

Momentáneamente, Paul se sintió como si le hubieran hechizado.

Ella encogió los bronceados hombros.

—Estoy aquí para ayudarte.

La voz de ella era tranquilizadora y su acento inconfundiblemente irlandés.

Mostrando su agradecimiento, Paul sonrió.

—Gracias, pero Katy está de muy mal humor y no creo que quiera la compañía de una persona desconocida. Ni siquiera yo puedo calmarla.

No obstante, en vez de asentir y marcharse como él esperaba que hiciera, aquella mujer retiró los juguetes de Katy del asiento que daba al pasillo.

—Tonterías —respondió ella sentándose con un movimiento ágil y ligero.

El tejido del vestido crujió cuando ella se sentó y a Paul le sorprendió ser tan consciente de la presencia de esa mujer.

—Démela —dijo ella—. Me encantan los niños pequeños.

Era evidente que esa mujer no sabía nada de niños. Katy nunca consentiría que una desconocida la tomara en brazos cuando estaba tan cansada y de tan mal humor.

—Me parece que no comprende...

Ignorándole, la mujer extendió los brazos y, con ternura, acarició uno de los de Katy.

—¿Cómo está mi preciosa Katy?

Paul esperaba que su hija lanzara un chillido; sin embargo, Katy le dejó estupefacto cuando miró a la desconocida y, con los ojos llenos de lágrimas, dijo:

—Mi ñora.

Al momento, la niña sonrió y se echó hacia los brazos de la desconocida.

La risa de la joven era musical. Riendo, tomó a la niña en brazos y no pareció molestarle que Katy le pasara las manos por el rostro y se la quedara mirando intensamente a los ojos. La niña parecía hipnotizada, y él sonrió traviesamente al pensar que su reacción había sido muy parecida a la de su hija.

—Ñora —susurró Katy una vez más.

La niña sonrió y una última lágrima se deslizó por sus ojos negros.

Paul no salía de su asombro al ver que su hija se acomodaba en los brazos de la mujer. Al cabo de unos instantes, los párpados de la niña comenzaron a cerrarse y se quedó muy quieta.

—No puedo creerlo —murmuró él—. No puedo creerlo.

La mujer sonrió.

—Me llamo Paul —dijo él a modo de presentación.

Prefería evitar dar su apellido; cuando la gente descubría su identidad, se comportaba con él de una manera artificial y forzada. También prefería evitar las limusinas y viajar en primera clase. Le gustaba comportarse y que le trataran como a cualquier otra persona normal.

—Yo soy Fern.

Bonito nombre. Y muy apropiado. Esa mujer tenía la delicadeza y la gracia de las hojas de los helechos meciéndose al viento.

Paul parpadeó. Hacía mucho tiempo que no pensaba en esos términos. Cuando escribía, esa clase de comparaciones era algo natural e imperativo en su trabajo, pero hacía ya dos largos años que no plasmaba ninguna idea creativa en el papel. Estaba demasiado ocupado con la vida real.

–Encantado, Fern. Así que... ¿Vas de visita a los Estados Unidos?

–Voy a América.

Por su tono de voz, esa mujer no parecía saber que Estados Unidos y América eran lo mismo; no obstante, la idea era demasiado absurda. Todo el mundo sabía...

Paul sacudió la cabeza y preguntó:

–¿Es tu primera salida al extranjero?

Ella asintió.

–Sí, lo es.

–En ese caso, debes de estar muy ilusionada.

Paul vio excitación en el brillo de esos ojos turquesa, lo que la hacía aún más hermosa.

Si eso era posible.

La sonrisa de la mujer se amplió y fue cuando Paul se dio realmente cuenta de que sí podía parecer aún más hermosa, y era por la sonrisa.

–Sí, lo estoy.

Paul sonrió, le gustaba el acento irlandés.

–Nunca he estado tan ilusionada en mi vida –añadió ella.

Paul lanzó una ronca carcajada.

–Lo comprendo. La primera vez que yo fui a Irlanda también quería verlo todo.

–Eso es lo que hay que hacer, saborear la aventura. Es una buena forma de vivir.

–Sí, estoy de acuerdo –dijo él–. ¿Vas de vacaciones o a trabajar?

–Yo no hago nada que no sea por placer.

Paul se quedó inmóvil. Durante un instante, pensó que esa mujer estaba coqueteando con él, insinuándosele sexualmente. Pero se dio cuenta rápidamente de que en la expresión de ella sólo había inocencia. De hecho, había sido una afirmación sencilla y sincera, algo raro en las personas adultas.

–No sé de ningún trabajo –dijo ella encogiéndose de hombros–. Pero puede que sea una experiencia interesante y divertida.

–¿Vas a estar con familiares o amigos?

Paul sabía que no debía meterse en asuntos que no le concernían, pero no pudo evitar preguntar. Sentía una gran curiosidad.

–No, no conozco a nadie en América –Fern hizo una pausa–. Es decir, a excepción de ti y de Katy.

Algo dentro de él recobró vida.

–Me parece que creías que tengo un plan, pero no lo tengo. Es imposible planear una aventura.

¿Que no tenía ningún plan? ¿Iba a bajarse de un avión en Nueva York sin más y a ver qué pasaba? Le asaltaron mil preguntas que exigían respuesta. ¿Había reservado habitación en un hotel? ¿Tenía suficiente dinero? ¿Acaso no sabía que no era aconsejable que una mujer viajara sola? ¿Tenía a alguien en caso de emergencia? ¿Podría...?

—Todo me saldrá bien. Siempre es así.

Su rostro debió mostrar la preocupación que sentía a juzgar por las últimas palabras de Fern. Sin embargo, la dulce inocencia de ella despertó en él un incontrolable deseo de protegerla.

Fern clavó esos ojos azul verdoso en él.

—Creo que es hora de que me cuentes algo sobre ti. Lo único que me has dicho es que la primera vez que fuiste a Irlanda querías verlo todo. ¿Lo has hecho? ¿Lo has visto todo?

A Paul no dejaba de sorprenderle la forma en que a Fern le brillaban los ojos, atrayéndole, haciéndole querer revelar todos sus secretos. Sacudió la cabeza como para deshacerse de esa ridícula idea.

—La primera vez que fui de visita a tu hermoso país fue en circunstancias muy distintas a ésta.

Fern guardó silencio, parecía esperar a que continuara hablando.

—La primera vez fui de viaje de luna de miel —dijo él.

El recuerdo de Maire le entristeció, pero no era el momento adecuado para dejar que las sombras se apoderasen de él.

—Estupendo. Debisteis de pasarlo muy bien.

—Sí, así fue. Y nuestro segundo viaje fue también maravilloso; fue cuando anunciamos que íbamos a tener una niña. Bueno, la verdad es que no tuvimos que anunciar nada, no había más que ver a mi esposa.

El recuerdo era demasiado doloroso, Paul respiró profundamente. El pasado era el pasado, mejor permanecer en el presente.

–Pero esta vez hemos ido sólo Katy y yo. Mi esposa, Maire, murió al dar a luz. Se presentaron complicaciones inesperadas durante el parto. Nadie esperaba lo que ocurrió. Sucedió hace dos años.

«Pero aún sigo sintiendo un inmenso vacío», añadió él en silencio.

Haciendo un gran esfuerzo, Paul se sobrepuso al dolor.

–En fin, debido a la corta edad de Katy, no he podido volver a Irlanda hasta ahora –Paul se preguntó por qué estaba hablando de asuntos tan personales, no era propio de él–. Por supuesto, los abuelos de Katy habían venido a América para conocer a su nieta, pero yo quería que Katy viera el lugar donde su madre nació y se crió.

Paul miró a Fern y se quedó perplejo. Una profunda tristeza parecía emanar de ella y los ojos le brillaban con lágrimas contenidas.

Una profunda ternura se apoderó de él. Esa mujer era capaz de una gran compasión.

–Eh, vamos, no te pongas así.

Paul extendió el brazo y le acarició la frente. En el momento en que le tocó la piel, sus intenciones de reconfortarla se disiparon.

La piel de Fern era suave y sorprendentemente cálida.

Paul retiró la mano rápidamente. Un súbito sentimiento de culpa se apoderó de él debido a la disparidad entre el tópico de la conversación y el placer que había sentido al tocar a esa mujer.

Era evidente que lo que había dicho había afectado a Fern. Con cuidado para no tocarla en la forma en que su subconsciente quería hacerlo, Paul murmuró:

—Eso pasó hace ya tiempo. Katy y yo estamos bien, en serio.

No obstante, Fern no parecía del todo convencida.

Desde el momento en que se miró al espejo y se vio en forma humana, era como si todas las emociones y sensaciones que podía sentir se hubieran multiplicado por cien.

No estaba segura de cómo se había transformado en un ser humano, la experiencia era nueva para ella. No obstante, era consciente de que había quebrantado una de las reglas sagradas del mundo de las hadas; y si reflexionara seriamente en ello, se asustaría enormemente. Por lo tanto, decidió no pensar en lo que había hecho; al menos, no por el momento, cuando estaba tan ensimismada con Paul.

Sabía de antemano que Paul era una criatura maravillosa; sin embargo, al acercarse por el pasillo del avión hasta el asiento que él ocupaba y mirarle con ojos humanos, sintió algo que no había sentido nunca. Y cuando Paul la miró con esos ojos oscuros, ella temió que las piernas fueran a dejar de sostenerla.

No había pensado en lo que iba a decirle una vez estuviera delante de él, y no tenía sentido explicarle quién era. Por nada del mundo quería que Paul la considerase una loca. Por lo tanto, había decidido adoptar el papel de una desconocida; además, para él, ella era precisamente eso.

El corazón le había latido con una fuera inusitada al tomar a Katy en sus brazos por primera vez. Por supuesto, ya sentía afecto por ella en Irlanda; pero al tomarla en los brazos, una sensación sobrecogedora la había embargado hasta dejarla casi sin respiración.

No obstante, el efecto que había tenido en ella enterarse de la muerte de Maire había sido algo para lo que no estaba preparada. Por supuesto, también en Sidhe ocurrían desgracias y ella sabía lo que era la tristeza. Pero las hadas tenían por norma evitar los hechos desagradables y pasar sus días jugando y divirtiéndose.

La profunda tristeza que la embargaba en aquel momento no iba a disiparse con un aleteo y unas piruetas.

Aunque Paul la había tocado para reconfortarla, lo que había provocado en ella fue una sensación... muy peculiar. Fern había sentido un súbito e inmenso calor en todo el cuerpo y un extraño hormigueo en el vientre.

Fern no tenía ni idea de qué era lo que le estaba

pasando, lo único que sabía era que le gustaba el roce de la piel de Paul con la suya. Cuando él apartó la mano, ella sintió una profunda soledad.

Estaba empezando a descubrir que las emociones humanas eran muy fuertes y poderosas.

–Hablemos de algo más agradable –sugirió Paul.

Fern supuso que la intención de él era disipar la tristeza que ambos sentían y, con una sonrisa temblorosa, ella asintió.

–¿Qué podría decirte sobre mí mismo? Veamos... Bueno, Katy y yo vivimos en las afueras de la ciudad de Nueva York, en la casa en la que yo me crié. Mi padre tenía unas caballerizas.

–Me encantan los caballos. En el lugar de donde yo vengo se les considera uno de los animales más nobles.

–Bueno, ya no tenemos caballos en mi casa. Cuando murió mi padre, mi madre tuvo que deshacerse del negocio porque no podía llevarlo sola. A mí no me interesaba, trabajar en la cría de caballos no era lo mío. Supongo que hay que tener una habilidad especial para trabajar y comunicarse con los animales, una habilidad de la que yo carezco. Por lo tanto, el negocio se vendió.

Fern sabía que el trabajo era algo muy importante para los humanos, algo inherente a su existencia. ¿No había sido eso una de las primeras cosas que Paul le había preguntado a ella? Por lo tanto, Fern le preguntó por su trabajo.

–Soy escritor –respondió Paul–. Autor de novelas.

Fern sabía de libros.

–Entonces, ¿cuentas cuentos?

Paul sonrió y a Fern le palpitó con fuerza el corazón.

–Lo mío son las novelas de terror.

–Oh. En ese caso, te gusta asustar a los niños, ¿no es eso?

Paul se echó a reír.

–No, escribo libros para los mayores.

Fern abrió mucho los ojos.

–En ese caso, escribes bien, pero sobre cosas desagradables.

–La verdad es que hace bastante que no escribo.

Desde la muerte de Maire. Fern lo sabía, aunque Paul no lo hubiera dicho. De no tener en sus brazos a Katy, le habría abrazado. La necesidad de reconfortarle era intensa. De nuevo, pensó en la magnitud de las emociones humanas.

–Pero es algo que tengo que cambiar –le dijo Paul–. Mi editor me persigue. Quiere que saque un libro nuevo y lo quiere cuanto antes.

–Eso es porque tienen confianza en ti.

–¿Qué quieres decir? –preguntó él en voz baja.

–Si tu editor... –Fern no estaba segura de lo que era un editor, pero no era tan estúpida como para no darse cuenta de que tenía que ver con los libros–. Si tu editor no pensase que eres capaz de hacer tu trabajo bien buscaría a otro.

Paul se la quedó mirando unos momentos y fue entonces cuando Fern vio un cambio en él. Le vio enderezar la espalda y los hombros, y vio cómo le brillaron los ojos.

–Gracias, Fern. Creo que necesitaba que alguien me dijera eso.

Paul suspiró.

Un enorme placer se apoderó de ella al ver que le había levantado el ánimo a Paul.

–Por supuesto, tengo que solucionar algunos problemas antes de ponerme a trabajar. El principal es Katy –añadió Paul.

A Fern le dio la impresión de que Paul estaba hablando consigo mismo.

–Supongo que podría escribir cuando Katy esté durmiendo. No obstante, no puedo contar con que la inspiración me venga cuando yo quiero. Por supuesto, hay guarderías y supongo que encontraré una adecuada...

Paul se interrumpió de pronto. Miró a Fern fijamente.

–Fern, has dicho que vas a buscar trabajo. Has dicho que no tienes un sitio donde estar. Podríamos ayudarnos mutuamente.

A Fern le haría muy feliz ayudarle en lo que pudiera.

–Después de verte con Katy... Es posible que sea una pregunta estúpida, pero tengo que hacerla –dijo Paul–. ¿Tienes experiencia con los niños?

–¡Me encantan los niños! Me paso el día entero jugando con ellos.

Paul sonrió.

–Lo sabía. Katy está prendada contigo.

—Katy es un encanto.
—En ese caso, ¿qué opinas de mi oferta? ¿Quieres venir con Katy y conmigo? Te pagaré un buen sueldo. Tendré que mirar tus referencias, pero...

Fern, atemorizada, cerró los ojos. No tenía referencias. «Por favor, que no mire mis referencias. Soy buena y quiero a Katy, eso es todo».

—Bueno, no, no lo creo necesario —dijo Paul de repente—. Es evidente que eres una buena persona y Katy se fía de ti. Yo también.

Fern abrió mucho los ojos. Era como si sus pensamientos tuvieran magia. No sabía qué había pasado ni si ocurriría nuevamente, pero estaba encantada con el hechizo.

—Como ya te he dicho, vivo en las afueras de la ciudad —continuó Paul—. Te prometo que te llevaré a ver Nueva York y, cuando vuelvas a Irlanda, podrás hablarle a tus amigos de los sitios que has visitado.

Los ojos de él brillaron de entusiasmo, un entusiasmo que se le contagió a ella.

—¡Qué cambio han dado las cosas! —exclamó Fern sobrecogida de emoción—. Hablas como si todo fuera a ser una aventura. Y una buena aventura.

CAPÍTULO 2

FERN estaba entusiasmada.
No podía negar haber pasado unos momentos de angustia desde su transformación en un ser humano; sobre todo, cuando la azafata, al verla sentada con Katy en los brazos, la miró de forma extraña.

Fern nunca había estado en un avión, pero el sentido común le decía que tenía que haber una especie de lista de pasajeros. Que alguien apareciese como por arte de magia en el aeroplano debía de despertar las sospechas de los que trabajaban en la compañía aérea.

Cuando la azafata se detuvo a su lado para decirle que iban a aterrizar y que debía ocupar el asiento que tenía asignado, Fern le pasó la niña a Paul.

La azafata aún seguía mirándola cuando Paul le sugirió que, tras aterrizar, se reuniesen de nuevo en las cintas transportadoras donde se recogía el equipaje; o, si no, al pasar la aduana. Fern no tenía ni idea de lo que Paul estaba hablando ni de qué eran esos sitios; no obstante, se tranquilizó al decidir que la solución más sencilla sería transformarse en hada otra vez, meterse en la bolsa de los juguetes de Katy y dejar que Paul la llevara al lugar de reencuentro.

Sin embargo, Fern se encontró en la parte posterior de la cabina, aterrada al descubrir que sus esfuerzos por volver a su naturaleza original eran vanos. Fue ése el momento en el que recordó una de las reglas de la metamorfosis: ningún ser humano podía presenciar el proceso de transformación.

Fern se retiró a los lavabos. Con tanta gente entrando y saliendo, no tuvo problemas para abandonar el cubículo. Pronto se encontró volando y sintiéndose tan ligera como una pluma. Ser humano tenía sus problemas físicos. Toda esa piel y esos huesos pesaban y cansaban.

Fern se metió en la bolsa de los juguetes de Katy y, acurrucándose contra el oso de peluche, se quedó dormida. Cuando se despertó, bostezó con una sonrisa y pensó en el sueño tan bonito que había tenido; en el sueño, se había convertido en una humana, había tenido a Katy en sus brazos y había charlado con Paul.

Fue entonces cuando abrió los ojos y se encontró con los del oso de peluche. Rápidamente, salió de la bolsa y revoloteó para ver qué estaba pasando.

Vio a Paul en una enorme sala con Katy, esperando. Fern buscó un lugar en el que poderse transformar en humana. Un armario le ofreció la intimidad que necesitaba. Sin embargo, al salir del armario, notó la diferencia entre su atuendo y el del resto de la gente.

En el avión no lo había notado, pero en ese momento resultaba evidente que era la única persona entre la multitud con zapatillas de satén, y ninguno de los zapatos de las demás personas tenía las puntas hacia arriba.

El par de zapatos que llevaba una mujer elegantemente vestida captó la atención de Fern y deseó tener unos zapatos como aquellos. De repente, sintió los pies algo oprimidos y, al mirárselos, vio que llevaba un par de zapatos iguales que los de esa mujer.

¡Qué divertido! Al parecer, sus poderes mágicos eran superiores a lo que había supuesto.

Esperó a que Paul estuviera distraído con Katy para acercársele con el fin de que él no se diera cuenta de que llegaba de una dirección distinta de la esperada.

–¡Hola, ya estoy aquí! –dijo ella.

Katy lanzó un grito de alegría y dio unas palmadas. La expresión de Paul se animó, aunque unas arrugas fruncían su ceño.

–Estaba empezando a preocuparme... –Paul se interrumpió al verla sin maletas–. ¿Dónde está tu equipaje?

Fern se dio cuenta inmediatamente de lo que era la zona de recogida de equipaje. Pero ya no podía hacer nada y no sabía cómo salir del paso. Imposible que Paul la creyera si le contaba la verdad.

–Han perdido tus maletas –declaró él con irritación–. ¡Qué falta de profesionalidad! Así que eso era lo que estabas haciendo, rellenar los papeles de reclamación, ¿verdad? Y yo que creía que habías cambiado de idea respecto a venir con Katy y conmigo... ¿Cuándo van a recuperar tu equipaje?

Paul hizo una pausa, reflexionando.

–Fern, ¿cómo van a saber adónde tienen que enviarte las maletas?

Paul no cesaba de hacer preguntas. Lo único que se le ocurrió a Fern fue alzar las manos.

–Voy a estar en tu casa, ¿no? –la pregunta era todo lo que a Fern se le pasó por la cabeza responder. Estaba perdida.

–Ah, ya, muy lista –Paul asintió–. Les has dado mi nombre y ellos han mirado en el ordenador. Buena idea.

Una expresión de incertidumbre asomó al rostro de Paul; pero, al final, pareció deshacerse de la idea que parecía preocuparle.

–Bueno, será mejor que nos vayamos ya –le dijo Paul–. Si tú llevas a Katy en brazos, yo me encargaré de las maletas. Menos mal que no las han perdido todas.

Paul le dio a la niña y añadió:

–Vamos a tomar el autobús que lleva al aparcamiento de larga duración.

Aquella experiencia estaba amenazando con desbordar a Fern. Le habló a Katy de todo lo que vio que le pareció interesante y la niña pareció ver todas esas cosas como si lo hiciese por primera vez.

—No deja de maravillarme la facilidad con la que se ha acostumbrado a ti —murmuró Paul al subir al autobús que llevaba al aparcamiento.

Fern le observó mientras Paul metía el equipaje en el maletero del coche y notó cómo se le movían los músculos de la espalda por debajo de la camisa. Un cosquilleante calor la embargó y tuvo que respirar profundamente unas cuantas veces para calmarse. ¿Qué era esa maravillosa sensación que hacía que todo el cuerpo le palpitase?

Paul colocó a Katy en un asiento especial para ella y salieron del aparcamiento. Una vez en la carretera, Fern se sorprendió al ver la cantidad de coches que iban en todas las direcciones.

La panorámica de la ciudad era increíble.

—Deben de vivir muchas personas aquí para llenar tantos edificios.

Paul lanzó una carcajada.

—Sí, muchas —contestó él—. Debe de ser muy diferente del lugar de donde tú eres. A propósito, ¿de dónde eres?

—De Sidhe —el nombre se le escapó sin darse cuenta.

—No he oído nunca el nombre de esa ciudad —dijo Paul.

—Bueno, es un sitio muy pequeño.

Paul sonrió.

—Me encantan los pueblecitos irlandeses. Estoy seguro de que es un lugar mágico.

Fern clavó los ojos en el horizonte urbano.

—Sí, Sidhe es un lugar mágico de verdad.

–Debe de ser todo lo opuesto a Nueva York.

Fern asintió, no podía describir lo distintos que eran ambos lugares. Hasta ese día, lo único que había hecho era reír y pasarlo bien con sus amigos en Sidhe. Pero ahora estaba descubriendo que tenía...

¿Cómo describirlo?

Sí, una meta. Eso era, una meta. Ahora lo que era y lo que hacía tenía un propósito: ayudar a Paul con Katy para que él pudiera volver a escribir. Y le gustó la satisfacción que le producía. Saber que ya había ayudado a Paul, saber que continuaría ayudándole, le llenaba de satisfacción.

Pronto la ciudad dio paso a espacios abiertos, a praderas, a espacios más parecidos a los que Fern estaba acostumbrada. Paul se metió por un camino de grava flanqueado de árboles que conducía a una casa grande pintada de blanco.

Fern salió del coche y se fijó en los establos, los prados y los espacios abiertos.

–Parece un lugar maravilloso para los niños.

La cuerda que colgaba de un viejo álamo la hizo sonreír. Le gustó pensar en Paul columpiándose, con el viento revolviéndole los rubios cabellos.

–Lo fue para mí –Paul abrió la puerta posterior del coche y, después de desabrochar el cinturón de seguridad de Katy, la tomó en sus brazos–. Si no te molesta, agarra la bolsa de los juguetes y la bolsa donde llevo los pañales de Katy. Lo mejor será que entremos y la acostemos cuanto antes, está muy cansada. Luego volveré a sacar el equipaje del coche.

Paul subió los escalones del porche y abrió la puerta. Fern le siguió. Cuando subieron las escaleras y entraron en la habitación de Katy, Fern sonrió.

Las paredes y el techo eran de color azul claro salpicado de nubes. Había un sauce llorón pintado en uno de los rincones de la habitación, sus ramas postradas casi acariciaban las flores, las setas y la hierba pintadas en la parte inferior de la pared. Había hadas pintadas por todas partes.

También había enanitos con rostros expresivos. Uno de ellos parecía tener cientos de años; no obstante, sonreía feliz.

El mural era mágico.

Aunque no era propio de las hadas preocuparse, Fern se preguntó si Maire, al hacerse mayor, habría olvidado el tiempo en que las dos habían jugado y reído juntas. A los niños pequeños les resultaba fácil ver a las hadas y creer en su existencia; sin embargo, con el paso de los años, la memoria de esos tiempos se borraba.

La llamada madurez obligaba a la gente a no aceptar nada que no fuera la fría y dura realidad. No obstante, la verdad era mucho más compleja y no se limitaba a lo que un ser humano podía ver u oír. Pero sentir la magia del mundo requería un corazón inocente y, a juzgar por la decoración de aquella habitación, Maire nunca había olvidado del todo el mundo encantado de la infancia. Fern notaba el amor y la energía vital que la madre de Katy había dejado atrás.

Paul no pareció notar la fascinación de ella por la decoración de la habitación, estaba demasiado ocupado acostando a su hija.

Un brillo cobrizo llamó su atención y la hizo acercarse a la cuna. Allí, entre unas ramas del sauce llorón, había un hada que era su viva imagen: rizos rojizos, vestido azul y botas haciendo juego.

—Dios mío, no puedo creerlo —susurró Fern.

—¿Qué pasa?

Fern se volvió y sorprendió a Paul mirándola.

—¿Te ocurre algo? —repitió él.

—No, nada —le aseguró ella—. No me pasa nada en absoluto.

Fern miró a su alrededor y añadió:

—Esta habitación es preciosa, Paul.

Él sonrió y Fern sintió un exquisito calor por todo el cuerpo.

—A Maire le encantaban las hadas y los enanitos y esas cosas —el afecto endulzó la sonrisa de Paul—. Era muy inocente y se notaba en su pintura.

—¿Era pintora profesional?

Paul asintió.

—También hacía escultura y dibujo. Sin embargo, la pintura la llevaba en la sangre —Paul sonrió—. Igual que las hadas.

Fern paseó la mirada por la habitación.

—Era una artista.

—Hizo bastantes ilustraciones para cuentos y le publicaron un libro con sus pinturas. El libro se llama *Las Hadas y el Placer*.

Una carcajada escapó de la garganta de Fern.
-¡Maravilloso! Me encantaría verlo.
Paul se acercó a las estanterías, sacó un libro y se lo dio.
Fern lo abrió. Las brillantes y coloridas páginas la hicieron sonreír.
-Es precioso. Precioso.
-Maire era una mujer de mucho talento.
Fern cerró el libro y acarició la cubierta. Tuvo la sensación de estar tocando a Maire.
Fern alzó los ojos y sorprendió a Paul mirándola fijamente.
-Mi esposa tenía... magia.
Paul pareció reflexionar, como si estuviera haciendo un esfuerzo por expresar verbalmente sus ideas.
Por fin, Paul dijo:
-Tengo esa misma sensación contigo.
Fern sintió calor en las mejillas y le dieron ganas de bajar los ojos, pero decidió no hacerlo. Algo estaba pasando, algo que no quería perderse.
De repente, la habitación pareció muy silenciosa... y caliente... y sofocante. El corazón le palpitó con fuerza y el pulso se le aceleró. Una extraña sensación...
Era la experiencia más increíble y poderosa que había tenido desde su transformación en humana. El significado de sus emociones era casi aterrador, pero realmente no sabía qué le estaba pasando.
Fuera lo que fuese, Paul también lo estaba sintiendo.

La mirada de él se había enturbiado. Tenía la mandíbula tensa. Parecía como si apenas pudiera respirar.

Paul se le acercó y ella deseó con todas sus fuerzas que la tocara como la había tocado en el avión. Quería sentir la piel de él junto a la suya, el calor de su cuerpo en el suyo... quizá eso aliviara aquellas sensaciones tan peculiares de las que se veía presa.

Sin embargo, en vez de tocarla, Paul le quitó el libro de las manos.

–Lo siento, Fern. Lo siento mucho.

Las palabras de Paul iban revestidas de arrepentimiento. Antes de que a ella le diera tiempo de preguntarle por qué, Paul se volvió, dejó el libro en la estantería y caminó hacia la puerta.

Se detuvo en el umbral y volvió la cabeza para mirarla.

–Tu habitación es la contigua a ésta. El cuarto de baño está al final del pasillo. Mientras tú descansas un rato, yo iré a por mi equipaje y luego prepararé algo para cenar.

Fern se quedó sola y desolada.

A la mañana siguiente, Fern se despertó en la habitación de invitados en el medio de la suave almohada. Estiró los brazos y desplegó las alas. En su opinión, el primer vuelo del día era el mejor, ya que le recordaba lo maravillosa que era la vida. Las hadas entendían la vida como una diversión.

Después de varias piruetas, aterrizó en el dintel de la ventana. Vio que el sol brillaba y el cielo estaba despejado a excepción de unas nubes. La atmósfera estaba cargada de aventura. Lo sentía.

El rato que había pasado con Paul la noche anterior había sido excitante y difícil al mismo tiempo. Él había preparado unas tortillas de queso y unas tostadas, a ella le había encantado el chédar. No obstante, ambos se habían mostrado tensos.

Fern sabía que la tensión tenía que ver con la potente energía que los dos habían sentido en la habitación de Katy, cuando Paul se disculpó y se marchó. Sin embargo, ella todavía no sabía qué era lo que había pasado realmente.

Durante la cena habían hablado de las tareas de ella durante su estancia allí. Paul le había dicho que de lo único que ella tenía que ocuparse era de su hija; no tenía que cocinar ni realizar ninguna tarea doméstica. Ella había sentido un gran alivio, ya que nunca había tenido que cocinar; las hadas se alimentaban de frutas silvestres, frutos secos y néctar de flores igual que otras muchas criaturas silvestres.

Volando, Fern se alejó de la ventana y se plantó en medio de la cama, aún pensando en los acontecimientos de la noche anterior.

Paul había vuelto a preguntarle sobre su vida en Irlanda; especialmente, respecto a su trabajo y aspiraciones profesionales.

—Me has dicho que has trabajado con niños —pero no fue una afirmación, sino una pregunta.

Fern sonrió a pesar de los nervios que sintió en ese momento.

—No hay nada que pueda compararse al rostro feliz de un niño y siempre hago lo que puedo por hacerles reír.

A Paul no pareció satisfacerle completamente la respuesta.

—Dime, ¿has trabajado de niñera en casas particulares o trabajabas con alguna agencia?

—Siempre he ido adonde había niños.

Eso no era mentir, sino evitar dar demasiados detalles.

Fern ladeó la cabeza.

—Tiene gracia, pero es como si tuviera la habilidad para saber qué niño me necesita. Por ejemplo, me ha pasado en el avión con Katy; sabía que me necesitaba —Fern lanzó una ligera carcajada—. Por supuesto, no tenía ni idea de que el incidente iba a conducir a esta situación, pero...

En ese momento, Paul extendió una mano, le tomó la suya y se la estrechó suavemente.

—Me alegro de que estés aquí, Fern.

A Fern le dio la impresión de que las palabras de Paul iban acompañadas de un mensaje secreto; sin embargo, también notó cautela en la forma como le tenía tomada la mano.

Después de la cena, Paul dijo estar cansado y ambos se marcharon a sus respectivas habitaciones.

El sol matutino que entraba por la ventana era cálido. Fern se pasó las manos por las rodillas y vio que se había transformado en humana otra vez. Se sorprendió porque, al igual que le había pasado en el avión, no sabía cómo había ocurrido.

Se puso en pie y se miró al espejo que había encima del sinfonier. El vestido azul estaba muy arrugado y, casi inconscientemente, se miró a los pies.

Las sandalias que llevaba la noche anterior aún estaban al lado de la puerta, donde las había dejado por la noche. Si podía conjurar zapatos para los pies... ¿no podría hacer lo mismo con la ropa?

Encima de la mesilla había una revista. Hojeó las páginas en busca de ropa. Quería algo cómodo, pero también bonito.

Fern hojeó otra revista, negándose a reflexionar sobre el motivo por el que estar atractiva le parecía tan importante de repente, limitándose a estudiar a las mujeres que salían en la revista.

Pasó un dedo por un precioso vestido negro y, en un abrir y cerrar de ojos, vio que su vestido azul había sido sustituido por uno igual que el de la revista.

Sonrió.

Los tacones negros le hacían las piernas aún más largas. Sí, le gustaba mucho el conjunto.

Pero cuando volvió a mirar la foto de la revista, pudo leer las palabras que describían el atuendo: «Elegante conjunto de noche». El sentido común le dijo que una mujer sólo iría vestida así por la noche.

Se sintió confusa. Las sandalias aún estaban al

lado de la puerta, pero el vestido azul había desaparecido.

Fern decidió poner a prueba sus poderes mágicos: se quitó el vestido negro y también la ropa interior de satén y se preguntó si podría conjurar uno distinto y, al mismo tiempo, guardar el negro.

En la revista vio a una mujer con una falda, una camisa y unas zapatillas de deporte que le gustaron. ¡Perfecto!

A la velocidad del rayo, llevaba puesta la misma ropa. Y el vestido negro y la ropa interior aún estaban encima de la cama.

Aquello era muy divertido.

—Fern, a este paso, podrías abrir una boutique —murmuró sonriendo mientras se miraba al espejo—. Podrías hacerte rica.

No, jamás haría semejante cosa. Obtener ropa por arte de magia y luego venderla para conseguir beneficios era algo malo, lo presentía.

Además, no sabía durante cuánto tiempo iba a tener poderes mágicos. El atuendo que llevaba era real, pero no sabía si la ropa duraría o el encanto tenía un tiempo limitado.

La idea le asustó. ¿Y si, de repente, su poder de transformarse en humana desaparecía? ¿Cómo iba a poder ayudar a Paul siendo hada?

Decidió desechar de inmediato tan preocupantes pensamientos.

Después de una breve visita al cuarto de baño, se asomó a la habitación de Katy y vio que la niña no estaba allí. La puerta de la habitación de Paul estaba abierta, pero también se encontraba vacía. Por lo tanto, bajó al piso inferior en su busca.

Fern entró en la cocina, olió el líquido marrón que había en un cacharro y arrugó la nariz con desagrado. Después, abrió el frigorífico y sacó zumo de frutas. Estaba bebiendo el delicioso líquido cuando Paul entró en la casa por la puerta de la cocina.

—Hola —dijo él.

Paul llevaba a Katy en un brazo y, con la otra mano, agarraba una especie de caja de plástico con un asa.

—Buenos días —al ver el hermoso rostro de Paul, el corazón de Fern empezó a latir con fuerza—. Hola, Katy, buenos días.

Katy sonrió y abrió los brazos hacia ella. Fern la tomó en los suyos.

—Hemos ido a recoger a Fluffy —dijo Paul.

Paul dejó la caja en el suelo y abrió la trampilla. De allí dentro salió el gato más gordo que Fern había visto en su vida.

—¡Qué criatura tan preciosa! —exclamó Fern agachándose.

Fluffy, por su parte, se acercó a Fern perezosamente para ofrecerle la oportunidad de acariciarle como dignándose a hacer una excepción.

—¡Fufy! —gritó Katy extendiendo un brazo para tocar al gato.

Fern dejó a la niña en el suelo con el fin de que pudiera acariciar el suave pelaje del animal.

—Katy se ha despertado al amanecer y hemos

ido a recoger al gato –dijo Paul–. Quería darte la oportunidad de dormir tanto como te apeteciera. Por cierto, ¿has dormido bien?

Fern asintió.

–Sí, gracias. ¿Y tú?

–Sí, muy bien. Y estoy listo para ponerme a trabajar –declaró Paul, que parecía alegre y lleno de energía–. Tengo muchas ganas de sentarme delante del ordenador y ponerme a trabajar, no me sentía así desde hace mucho tiempo.

La sonrisa de ella se amplió.

De repente, Fern vio a Paul mirándola con el ceño fruncido.

–Te has cambiado de ropa. ¿Cómo...?

Completamente atemorizada, Fern buscó mentalmente una explicación satisfactoria.

CAPÍTULO 3

PAUL se agachó y sujetó la mano de su hija cuando ésta fue a tirarle de las orejas al gato.
Fern se quedó mirando sus rubios cabellos que brillaban al sol. ¿Qué podía decirle? ¿Cómo explicarse? ¿Y por qué no se le había ocurrido que Paul sentiría curiosidad respecto a su ropa nueva?

La angustia se le agarró al estómago.

Paul alzó la cabeza para mirarla y las arrugas de su ceño desaparecieron al tiempo que sus labios esbozaban una sonrisa.

—No puedo creer que la compañía aérea te haya traído el equipaje con tanta rapidez —dijo él—. Han debido de batir un récord.

Fern se limitó a parpadear y se mantuvo callada. Si Paul estaba decidido a responder a sus propias preguntas, mejor para ella.

—Tal y como están las compañías aéreas últimamente... —continuó Paul mientras le quitaba el jersey a Katy—. En fin, supongo que quieren tener satisfechos a los clientes.

Fern se encogió de hombros.

—Sí, supongo que sí.

–Bueno, me alegro de que todo se haya solucionado. Debes de estar encantada.

Fern pensó en todas las prendas de vestir que había conjurado aquella mañana mientras hojeaba la revista. Debía de tener doce atuendos distintos colgando de las perchas o doblados en los cajones. Quizá se había excedido.

–Sí, estoy muy contenta –respondió ella.

–¡Fun! –Katy se acercó a Fern y alzó los brazos para que la tomara–. ¡Ugar!

–Es una idea estupenda –dijo Fern–. ¡Y me encanta cómo pronuncias mi nombre!

Paul lanzó una carcajada.

–Es increíble, mi hija te trata como si te conociera de toda la vida. No suele irse con los extraños.

–Somos viejas amigas, ¿verdad, Katy? –dijo Fern.

La pequeña dio unas palmadas en las mejillas de Fern.

–Fun.

–¿No me necesitáis hoy por la mañana? Me gustaría trabajar un rato –comentó Paul.

Fern sacudió la cabeza.

–No, no te preocupes por nosotras.

La mañana transcurrió en un abrir y cerrar de ojos. Fern colocó los tacos de madera uno encima de otro mientras Katy, pacientemente, esperaba a que todos estuvieran colocados para tirarlos. Los ositos de peluche le sirvieron de maravilla para la representación teatral que a Katy tanto le gustó. A última hora de la mañana, las dos salieron a dar un paseo. Al mediodía, Fern empezó a sentir hambre.

—Creo que es hora de almorzar, Katy —anunció Fern.

La niña respondió con un aplauso.

En la cocina, Fern se puso a pensar en qué dar de comer a la pequeña. Encontró una barra de pan y, al abrir la nevera, vio un trozo de queso. Arrugó la nariz al ver carne de vaca.

Fern abrió un armario y se quedó boquiabierta al ver un tarro con crema de cacahuete. Sabía lo que era la mantequilla, pero no la crema de cacahuete. Abrió el tarro y olió el contenido.

—¡Cacahete! —exclamó Katy riendo.

Fern metió el dedo y probó aquella sustancia marrón.

—Delicioso —declaró Fern.

Como había visto a los humanos preparar bocadillos, untó crema de cacahuete en una rebanada de pan, la dobló en dos y se la dio a Katy con un vaso de leche.

Cuando la niña terminó de comer, empezó a frotarse los ojos y a moverse como sintiéndose incómoda.

—Me parece que es hora de que duermas la siesta —Fern le limpió las manos y la boca a Katy con una servilleta; después, la tomó en brazos y la subió a su habitación.

Fern se sentó en la mecedora y, con la niña en brazos, empezó a cantarle a Katy una vieja canción irlandesa mientras la mecía. En poco tiempo, la niña estaba profundamente dormida.

Fern la metió en la cuna y luego bajó a la cocina

a fregar los platos del almuerzo. Mientras recogía las últimas migas de pan, volvió a pensar en Paul. Se preguntó qué tal le estaría yendo en el despacho.

Fue entonces cuando decidió prepararle un bocadillo de crema de cacahuete. Todo el mundo comía, ¿no? Además, cuando le llevara el bocadillo, podría ver si estaba progresando con su libro.

Llenó un vaso de leche, puso el bocadillo y el vaso de leche en una bandeja y se dirigió al despacho de Paul.

Fern llamó a la puerta.

—¿Paul? —dijo Fern al tiempo que abría la pesada puerta de roble con el codo—. ¿Tienes hambre? Te he preparado un bocadillo.

Al momento de verle se dio cuenta de que las cosas no iban bien.

—¿Qué te pasa? —preguntó Fern.

—Que estoy completamente frustrado —respondió él de mal humor—. Llevo aquí horas sentado y no he conseguido escribir ni una sola palabra.

Fern dejó la bandeja encima del escritorio.

—Lo siento —dijo ella, conteniendo el impulso de acariciarle el rostro—. En el lugar de donde yo vengo, hay un...

Fern se interrumpió antes de pronunciar la palabra gnomo. Dudaba que hubiera gnomos en América.

—Hay un anciano que cuenta historias preciosas —continuó Fern. No las escribe, las cuenta desde el porche de su... casa. Una vez me quedé con él cuando todos los demás se habían marchado y le pregunté a Alton, así se llama, que cómo se le ocurrían todas esas cosas. Él me dijo que, con frecuencia, se reúne con sus amigos, otras personas que cuentan historias, e intercambian ideas.

–Ya, entiendo –murmuró Paul.

Fern sonrió traviesamente.

–¿No te ayudaría hacer algo así? ¿Por qué no te reúnes con algunos amigos, gente que piensa como tú, que se dedica a lo mismo que tú? Podríais intercambiar ideas.

A Fern le alegró ver que su sugerencia hizo sonreír a Paul.

–Puede que sea una buena idea, pero... El problema es que, cuando Maire murió, dejé de ver a los amigos del mundo de los libros y también a mis amigos escritores. No he vuelto a ponerme en contacto con ellos desde entonces.

–En ese caso, llama a tus amigos, aunque no sean escritores. Ellos te hablarán de sus problemas y pueden darte algunas ideas para escribir algo.

Paul se quedó callado unos momentos, tras los cuales confesó:

–La verdad es que no he visto a nadie, Fern. Me he encerrado en mi caparazón y... En fin, dudo que mis amigos quieran saber nada de mí ahora.

A Fern le pareció que Paul estaba muy solo.

–En ese caso, ¿qué me dices de tu familia?

La sonrisa de Paul se tornó triste.

–No me quedan muchos familiares. No tengo hermanos y mi padre murió hace ya tiempo. A mi madre sólo la veo un par de veces al año; hablamos por teléfono con frecuencia, pero... no quiero preocuparla con mis problemas. Mi madre vive en California.

Paul no tenía compañeros de trabajo. No tenía amigos. De familia sólo le quedaba su madre. No tenía a nadie con quien hablar.

—Es muy triste.

—Eh, vamos, no quiero darte pena. Estoy bien, de verdad. A la única persona a la que necesito es a Katy. Lo pasamos muy bien juntos.

Paul agarró el bocadillo que ella le había hecho y le dio un mordisco.

—¿Crema de cacahuete?

A Fern le sorprendió la sorpresa que Paul mostró.

—Sí. A Katy le encanta.

—¿Y leche?

—La leche es buena para la salud —le informó Fern—. Es buena para los huesos.

Su interés por los asuntos humanos había provocado a menudo las críticas de sus amigas en el país de las hadas.

Paul lanzó una suave carcajada.

—Sí, supongo que tienes razón —Paul levantó una ceja—. ¿Has visto la carne asada que hay en la nevera?

Fern se estremeció.

—No como carne.

—Ah, eres vegetariana.

Fern asintió.

—Si así es como lo llamas, lo soy.

Paul dio otro bocado al bocadillo, masticó y tragó.

–No es necesario que me prepares el almuerzo. Tu trabajo consiste en cuidar de Katy, nada más. No estás aquí de criada.

Fern se encogió de hombros.

–Todo el mundo tiene que comer. Además, Katy se ha dormido y he supuesto que tendrías hambre. Traerte el bocadillo me ha dado la excusa para ver cómo te iba.

Paul dejó el bocadillo en el plato.

–Bueno, pues como ves, no me va nada bien –Paul se recostó en el respaldo del asiento y miró con aire ausente a la pantalla del ordenador.

–No sé cómo puedes vivir así –dijo ella.

–¿Así? ¿Qué quieres decir?

–Me refiero a que no sé cómo puedes vivir sin hablar con nadie, sin contar con nadie. En Sidhe, yo estoy todo el día con mis amigos. Reímos, charlamos... y cuando alguien está triste, los demás le animamos. Hacemos todo tipo de travesuras... No sé qué haría sin mis amigos.

Fern suspiró y añadió:

–Me pareces la persona más sola del mundo.

La habitación pareció terriblemente silenciosa de repente.

Por fin, Paul dijo:

–No estoy solo. Ya te lo he dicho, tengo a Katy.

Pero Paul se dio cuenta inmediatamente de que no la había convencido. Lanzó un gran suspiro.

–Escucha, Fern, hay muchas maneras de sobrellevar el dolor que la pérdida de un ser querido produce. Algunas personas necesitan la compañía de la gente, a otras personas les ocurre todo lo contrario. A mí no me gusta depender de nadie, no quiero ser una carga para mis amigos ni para mi madre. Soy una persona fuerte y mis problemas los soluciono yo solo.

Paul se interrumpió un momento antes de añadir:

—Pasé un tiempo enfadado con el mundo entero, pero ya he superado esa etapa.

—Si la has superado, ¿por qué sigues... refugiándote en tu caparazón? —Fern sonrió débilmente.

Paul no pudo evitar devolverle la sonrisa.

—Debe de ser porque me he acostumbrado a vivir solo.

Fern le observó mientras Paul agarraba otra vez el bocadillo que ella le había hecho. La fuerte mandíbula comenzó a moverse. La vida de Paul seguía pareciéndole muy solitaria y triste.

En fin, la aislada existencia de Paul era un problema que tenía que solucionarse. Y ella se iba a encargar de que se solucionara.

Fern entró con Katy en la casa por la puerta posterior. Habían pasado la tarde paseándose por la propiedad. En el momento de entrar, le invadió un delicioso aroma a cebollas, zanahorias y apio.

Cuando entraron en la cocina, Fern vio a Paul con un delantal blanco delante de la cocina de guisar.

–Habéis llegado a la hora justa –anunció él–. La cena está casi lista.

A Fern le encantó verle tan animado.

–Huele de maravilla –le dijo ella–. Pero este diablillo necesita un baño urgente antes de comer.

Fern se llevó a la niña de la cocina y se encaminó hacia las escaleras. Al llegar, le oyó a Paul gritar:

–No tardéis mucho.

–No, enseguida bajamos –respondió Fern.

En el piso superior, Fern agarró ropa limpia para Katy y la llevó al cuarto de baño. Echó agua en la bañera y metió a la pequeña.

Cuando terminó de bañar a Katy, la envolvió en una toalla.

–¿Tienes hambre? –preguntó Fern mientras le ponía a Katy una camiseta de color rosa.

La niña asintió con vigor.

Fern se lavó las manos y la cara; después, agarró a la pequeña y ambas bajaron a la cocina.

–¿Cómo está mi niña? –Paul plantó un beso en la cabeza de su hija.

Cuando los labios de Paul entraron en contacto con los sedosos cabellos de la niña, Fern sintió un extraño calor en el estómago. Se sentó a la mesa pensando que esa sensación debía de ser a causa del hambre.

–He preparado un salteado de verduras –dijo Paul.

Fern no sabía qué era eso exactamente, pero pronto lo descubriría.

Paul le sirvió una cosa blanca a la que llamó arroz y encima del arroz puso las verduras.

Fue la cosa más deliciosa que Fern se había llevado a la boca en toda su vida.

–Es exquisito –dijo ella antes de volverse a meter el tenedor en la boca.

Katy agarró un trozo de zanahoria con la mano.

–Cariño, usa la cuchara –le dijo Paul a su hija.

Con cuidado, la niña colocó la rodaja de zanahoria en la cuchara y luego se la llevó a la boca. Después de masticar y tragar, se lamió los dedos.

Los adultos se rieron.

–Dime, ¿ha sido más productiva la tarde que la mañana? –le preguntó Fern a Paul.

Paul sacudió la cabeza.

–Da igual, no hay motivo para preocuparse. Ya me inspirará la musa cuando quiera. Siempre lo hace.

Paul estaba haciendo lo posible por dar la impresión de que todo iba bien, pero ella sabía que se sentía sumamente frustrado por no poder escribir.

Fern se preguntó cómo podría ayudarle. Seguir hablando de ese asunto quizá fuera peor; por lo tanto, decidió cambiar de tema de conversación.

–Katy ha encontrado un montón de ruedas viejas detrás de uno de los establos.

–Sí, tengo que deshacerme de ellas –contestó Paul.

Fern sonrió como una niña traviesa.

–Nos hemos subido a las ruedas, ¿verdad, Katy?

Paul pareció sorprendido.

–Deben de estar muy sucias.

Fern lanzó una carcajada.

—Claro, por eso hemos vuelto tan sucias.

—No es buena idea que Katy se suba a esas ruedas, podría caerse.

El hecho de que Paul pusiera en duda su capacidad para cuidar de Katy le angustió, por lo que se apresuró a decir:

—Hemos tenido mucho cuidado. Yo estaba con ella en todo momento.

De repente, un gruñido de Katy les hizo volver la cabeza. La niña estaba teniendo problemas para que el arroz no se le cayera de la cuchara. Por fin, Katy agarró un trozo de verdura con los dedos, la puso en la cuchara y se metió la cuchara en la boca. La expresión de su rostro gritó su victoria.

Paul y Fern compartieron una sonrisa. El calor que Fern sentía en el vientre empezó a extendérsele por las extremidades.

—Estoy seguro de que has tenido cuidado –le aseguró Paul con voz suave–, pero creo que ha llegado la hora de que le compre a Katy un columpio. O un gimnasio para niños. O las dos cosas.

Fern no sabía qué era eso; por lo tanto, permaneció callada.

—¿A ti qué te parece, Katy? ¿Quieres ir con papá a comprar unos juguetes mañana?

Katy dejó caer la cuchara en el plato y aplaudió. Granos de arroz y trozos de verduras salieron volando.

—¡Eh, tranquila! Nos vas a manchar todos –Paul se echó a reír. Luego, se volvió a Fern–. Creo que Katy va a necesitar otro baño antes de acostarse.

Fern sonrió.

—No me importa bañarla otra vez, le encanta...

—No, no —la interrumpió Paul—. Si no te molesta, prefiero bañarla yo, me gustaría pasar un rato con ella. Luego le pondré el pijama y le leeré un cuento mientras se duerme.

Paul echó su silla hacia atrás y agarró su plato.

—Déjalo, ya recojo yo la mesa —dijo Fern—. Tú vete con Katy.

Cuando Fern vio a Paul y a su hija alejarse, sintió una profunda emoción, algo que casi le dolió físicamente.

Fern entró volando en la habitación de Katy. Había recogido la cocina con toda la rapidez que pudo porque quería estar con Katy y Paul.

Él estaba poniéndole el pijama a la niña después de un segundo baño y, al parecer, se había mojado tanto como su hija.

Cuando Katy ya estaba con el pijama azul puesto, Paul la acostó en la cuna acompañada de varios animales de peluche.

—Papá se va a ir un momento a cambiarse de camisa —le dijo Paul a Katy—. Me has puesto perdido.

La pequeña se rió.

Fern revoloteó por el cabecero de la cuna. Haría compañía a Katy mientras Paul se ausentaba.

Paul se sacó la camisa por la cabeza, sin desabrochársela, y Fern se quedó tan impresionada al ver aquel pecho desnudo que se le olvidó mover las alas. Aterrizó en la manta de Katy. Con un esfuerzo, salió de entre los pliegues de la manta al tiempo que Paul se dirigía hacia la puerta.

Fern clavó los ojos en sus anchas espaldas. Justo en el momento en el que Paul desapareció por la puerta, una mano de Katy se cerró alrededor de su cuerpo.

La pequeña gritó de alegría, pero Fern se sintió mareada.

—¡Katy, suéltame! —gritó Fern.

Katy abrió la mano y Fern, liberada, salió volando. La risa de la niña era contagiosa.

Paul regresó en cuestión de minutos y sacó a Katy de la cuna. La sentó en el suelo y se sentó con ella. Allí, alargó la mano para agarrar un juguete a base de círculos, triángulos y cuadrados de brillantes colores. Después de nombrar las figuras geométricas, Paul metió cada objeto en el agujero correspondiente e instó a Katy a que le imitara.

—Te he echado de menos hoy, cariño —dijo Paul acariciando la mejilla de su hija—. ¿Te lo has pasado bien con Fern?

—¡Fun! —exclamó Katy a modo de respuesta.

—Estupendo. Me parece que te gusta Fern, ¿verdad?

Katy asintió.

A Fern le dio un vuelco el corazón al ver que a Katy le hacía feliz estar con ella.

—A mí también me gusta —dijo Paul.

De repente, Fern se quedó sin aliento.

Paul sonrió a su hija.

—Y no me molesta nada en absoluto que sea tan guapa.

Katy agarró un círculo amarillo y un triángulo azul.

Paul miró hacia la ventana y, en un susurro, dijo:

—Con ese montón de rizos rojizos... Y todavía no sé si tiene los ojos más azules que verdes o más verdes que azules.

Fern nunca había sentido algo tan intenso como lo que sintió en ese momento. Paul estaba pensando en ella, en sus ojos y en su cabello. Y, a juzgar por su sonrisa, lo que pensaba era agradable.

Katy bostezó y su padre la tomó en los brazos y se sentó con ella en la mecedora.

—Vamos a leer un poco antes de acostarte.

Paul agarró uno de los libros de dibujos de Maire y lo abrió. Katy pasó las hojas rápidamente.

—Hada —anunció la niña señalando el dibujo que había en una de las páginas del libro.

—Sí, es un hada muy guapa —dijo Paul.

—Fun —dijo Katy—. Fun, hada.

Paul se echó a reír.

—Sí, se parece algo a Fern, ¿verdad?

Fern revoloteó sobre el hombro de Paul. Sí, el hada que Maire había dibujado era igual que ella, igual que el hada que había pintado en la pared.

Fern se posó en la parte superior del respaldo de la mecedora y Katy recostó la cabeza en el pecho de su padre. Paul besó en la sien a su hija.

Ella misma había mecido a Katy aquella tarde y recordó la ternura que había sentido por la niña.

Eso debía de ser lo que se sentía al ser madre.

La maternidad. Por lo que Fern sabía, las hadas no tenían instinto maternal. Pensó en sus padres. Al igual que las demás criaturas del bosque, las hadas hembras y machos criaban a sus hijos, les alimentaban y les daban abrigo y seguridad hasta el momento en que podían arreglárselas por sí mismos. Así eran las cosas en Sidhe.

Pero ella estaba totalmente cautivada con la niña de Maire. Y debía de ser lo que sentía por esa niña lo que había hecho posible que pudiera transformarse en humana. Lo mismo que había sentido por Maire cuando ésta era pequeña.

Quizá poseyera un misterioso instinto maternal, como los humanos.

De repente, se preguntó cómo sería tener un hijo propio. El milagro del nacimiento de los humanos, algo desconocido para ella. Tenía que ser parecido a como nacían los animales del bosque en Sidhe. Fern sabía que tenía que ver con el macho y la hembra... un hombre y una mujer...

Desde donde estaba podía ver el perfil de Paul, sus pestañas eran algo más oscuras que sus cabellos. Se quedó contemplándolo y pensando en cómo sería tener un hijo con ese hombre tan maravilloso.

Tan pronto como la idea le pasó por la cabeza, Fern se vio presa de una sobrecogedora emoción.

¡Oh, no! Ese estado emocional en el que se encontraba iba a forzar su transformación en ser humano. ¡Allí mismo y en ese momento!

Pero... ella sabía que ninguna transformación podía tener lugar en presencia de un humano, ¿o no era así siempre?

Presa del pánico, salió de la habitación volando. Apenas se encontraba en el pasillo cuando, de repente, se transformó en un ser de carne y hueso. Con el corazón latiéndole con fuerza, Fern entró en su habitación y cerró la puerta.

Su rostro estaba enrojecido y temblaba de pies a cabeza. Aunque sabía que no podía transformarse en presencia de un humano, estaba segura de que lo habría hecho de haberse quedado unos segundos más en la habitación de Katy.

¿Podía ocurrir semejante cosa?

Iba a tener que tener cuidado con lo que pensaba. Había sido peligroso pensar tanto en Katy y en sus propios instintos maternales.

Pero... No, sus últimos pensamientos no se habían centrado en Katy ni en la maternidad.

Paul había sido el objeto de sus pensamientos.

Fern se sentó en la cama y trató de recordar los otros momentos en los que había tenido lugar su metamorfosis.

¿Era posible? Había creído que Katy era la razón de su transformación en ser humano, pero no era Katy.

Fern jadeó.

–Ha sido Paul.

CAPÍTULO 4

AL RATO, aquella misma tarde, Fern salió de su habitación aún confusa respecto al motivo de su habilidad para transformarse en humana. Haber descubierto que era el hombre, no la niña, lo que provocaba su transformación la tenía perpleja. ¿Qué otros aspectos de su mutación desconocía?

—Ah, estás aquí.

La suave voz de Paul la sacó de su ensimismamiento. Fern volvió la cabeza y lo vio al pie de las escaleras. Su presencia la hizo sonreír.

—Pensaba que, después de un día con Katy, te habías tenido que acostar —continuó Paul—. Siento no haberte podido ayudar más hoy.

—No seas tonto —Fern descendió las escaleras y el calor que se desprendía de Paul la envolvió—. Mi trabajo consiste en cuidar de Katy, ¿no?

—¿Te apetece tomar conmigo una copa de vino? —preguntó Paul.

Fern sabía lo peligroso que podía ser para ella intimar más con Paul. Ya que él era la causa de que se transformara en ser humano, tenía que tener cuidado cuando estuviera con él como hada. Pero, por el momento, era una mujer; por lo tanto, no parecía ofrecer peligro aceptar la invitación.

—De acuerdo —contestó ella.

Salieron al jardín posterior a tomar la copa. Las estrellas brillaban en el cielo y la luna proyectaba un luminoso brillo sobre los campos y los postes de la valla.

—Esto es muy tranquilo —Fern respiró profundamente.

El vino le supo a néctar.

—En general, me gusta la tranquilidad —Paul frunció el ceño—. Pero hoy me siento inquieto. No hago más que pensar, pero no pienso nada con sentido.

—Has tenido un mal día, ¿verdad?

—Supongo que era de esperar —Paul se pasó la mano por el cabello—. Hacía dos años que no me sentaba a escribir. Con un poco de suerte, se tratará sólo del principio.

Fern cambió de postura en el asiento.

—¿Quieres hablar de ello? Yo no soy escritora, ni siquiera se me da muy bien contar historias, pero puede que te ayude hablar mientras yo te escucho.

Tras reflexionar unos segundos, Paul dijo:

—Quiero escribir un libro sobre un hombre que quiere evitar la muerte. El motivo por el que no quiere morir es porque, a lo largo de su vida, su comportamiento ha dejado mucho que desear; en consecuencia, tiene miedo a morir. Es un buen comienzo y tengo el final: el hombre consigue justo lo que quería, para su desgracia.

—Suena terrible —susurró Fern con total sinceridad.

–Eso espero. Eso es lo que quiero, que sea terrible –Paul lanzó una carcajada–. No obstante, tengo problemas con el resto del libro. Necesito pensar en toda la acción.

Unos grillos cantaron y una rana croó.

–La muerte es algo terrible.

Como buena hada que era, Fern no solía pensar en cosas desagradables.

–En fin, me temo que necesito algo más que el principio y el final.

–No necesitarías nada más si hubieras visto a dullahan –Fern se estremeció al pronunciar ese nombre.

–¿El dullahan?

Paul pareció intrigado, debía de haber notado el miedo de ella. Él se incorporó en el asiento y Fern asintió.

–Muy alto y de hombros anchos, el dullahan es una criatura aterradora. Monta un caballo negro que echa llamas por los orificios de la nariz y hace temblar la tierra al galopar.

Los nervios le secaron los labios y se interrumpió para humedecérselos con la lengua.

–El dullahan siempre lleva una capa negra, la piel de su rostro es arrugada y fosforescente. Es lo más horrible que he visto en mi vida.

Completamente sumergida en su relato, Fern continuó sin medir sus palabras:

–Su sonrisa es diabólica y su expresión de loco. Pero no está loco y no te dejes engañar por nadie que te asegure lo contrario. Lo que le pasa es que sabe cuál es su destino; allí donde el dullahan se detiene, muere un mortal. Si está cerca, lo mejor que puedes hacer es cerrar los ojos; de lo contrario, te puede dejar ciego. Y también debes taparte los oídos para evitar oírle pronunciar tu nombre. Pero, una vez que el dullahan decide tu muerte, no hay forma de detenerle.

Paul, cautivado con el relato, preguntó en un susurro:

—Así que... ¿el dullahan es como el ángel exterminador?

—Exacto. Pero no es un ángel —Fern sacudió la cabeza enfatizando sus palabras—, sino una criatura horrible. Y lo peor de todo es que no hay nada que pueda pararle. Las puertas se abren ante él independientemente de cuántos cerrojos tengan. Ningún mortal está a salvo de las crueles profecías del dullahan.

—Has dicho que le has visto —comentó Paul—; sin embargo, a tus ojos no les pasa nada. ¿Cómo es eso posible?

—Ah, es que nuestras miradas no se encontraron. Cuando vi al dullahan, él estaba en lo alto de unas rocas —Fern agarraba con fuerza la copa de vino—. Me tapé los oídos con las manos y cerré los ojos con fuerza. Oí un gruñido ahogado y fue entonces cuando comprendí que el dullahan había pronunciado el nombre de algún pobre desgraciado. En menos de una hora, hubo un accidente en las rocas: Ian McCarthy volvía a su casa subido en su mula; el animal resbaló con unas piedras e Ian se rompió la nuca al caer. Pobre hombre. Fue el nombre de Ian el nombre que el dullahan pronunció, de eso no hay duda.

Fern no se había dado cuenta de lo excitada que estaba. El corazón le galopaba y el sudor le bañaba la frente. Respiró profundamente cuando recordó que no estaba en Sidhe. Estaba a salvo del dullahan.

La repentina risa de Paul la tomó totalmente desprevenida. Volvió el rostro para mirarle.

—Creía que no sabías contar relatos —dijo él con un brillo especial en sus ojos castaños—. ¡Has estado fabulosa! Ésa es la clase de magia que quiero conjurar en mis libros. Has estado maravillosa, Fern. Es evidente que conoces bien la literatura irlandesa.

¡Qué tonta era! Para Paul, el dullahan era un personaje de ficción. Paul era un mortal.

Relatar su encuentro con la horrible criatura de la muerte en Sidhe la había hecho estremecer de miedo. Fern hizo un esfuerzo por recuperar la compostura y sonrió.

—Bueno, supongo que ser una chica irlandesa normal significa que puedo contar relatos mejor que otras personas.

—¿Mejor que otras personas? —Paul levantó las cejas—. Yo diría que mejor que la mayoría de la gente. Has estado magnífica, Fern.

—Vaya, gracias —Fern ladeó la cabeza—. Me alegro de haberte hecho reír. Estabas muy tenso.

Paul asintió.

—Sí, tienes razón. He estado muy tenso desde hace mucho tiempo.

A Fern se le ocurrió una brillante idea en ese momento.

—Ya sé lo que deberíamos hacer —Fern dejó su copa en la mesa—. Paul, quítate los zapatos.

Fern se despojó de sus sandalias y le instó a que la imitara.

—Vamos, quítatelos.

Paul se quitó los mocasines que llevaba.

Fern se puso en pie, agarró la copa de vino con una mano y la otra se la ofreció a Paul.

—No hay nada que relaje tanto como andar descalzo por el césped.

Paul no pareció del todo convencido, pero le dio la mano y la siguió.

La hierba estaba fresca y le cosquilleó los pies.

—Reconozco que es agradable —admitió Paul por fin. En medio del césped, se detuvo, vació su copa de vino y luego miró las estrellas—. Hace una noche preciosa.

—Sí. Me encantan los cielos estrellados.

Fern lanzó una rápida mirada a Paul, que continuaba contemplando el firmamento. Tenía una mandíbula fuerte y una bonita nariz recta. Y le encantaban los prominentes pómulos de aquel rostro.

—Hacía mucho tiempo que no me quedaba contemplando el cielo por la noche ni me sentaba en el jardín —le dijo Paul—. Dios mío, qué imbécil soy.

—No eres semejante cosa —le dijo ella en tono de advertencia. No le gustaba que Paul hablara así de sí mismo–. Eres un hombre que está criando solo a una niña, y eso es difícil. No debes ser tan duro contigo mismo. Deberías apreciar todo el esfuerzo que estás haciendo con Katy. Tu hija es una niña sana y feliz, y eso es lo más importante, ¿no?

Durante el tiempo que había estado hablando en favor de Paul, Fern sintió que una extraña energía los envolvía a ambos. Era una fuerza que les estaba uniendo con lazos invisibles.

Paul la estaba atrayendo irresistiblemente. El hermoso rostro de él se tensó, y ella se dio cuenta de que Paul también sentía aquel poder que les rodeaba. Paul le soltó la mano y le acarició el cabello; después, le pasó las yemas de los dedos por la mandíbula y ella cerró los ojos inclinándose hacia él.

Paul susurró su nombre y a Fern empezó a latirle el corazón con una fuerza inaudita. ¿Qué era esa maravillosa sensación que la embriagaba? Como hada no había experimentado nada semejante.

Casi le dolía.

Pero... ¿qué era?

Sentía necesidad de... algo.

–Mírame –le dijo Paul con voz ronca.

Y cuando Fern abrió los ojos, vio en él el mismo... ¿qué?

–¿Qué es esto? –le preguntó ella con voz gutural–. Nunca me ha pasado nada igual en la vida.

Paul volvió a acariciarle la mandíbula y ella sintió un increíble calor dentro de sí. Un calor que se hacía más intenso por momentos.

—Eres muy inocente, Fern.
Fern tuvo la sensación de que Paul sentía pesar por algo, pero no sabía qué era.
—Eres demasiado inocente para alguien como yo.
Paul fue a dar un paso atrás, pero Fern le agarró la mano y se la llevó a la mejilla, quería sentirle en su piel.
—Puede que me consideres inocente, pero no quiero serlo –dijo Fern–. No sé qué es esto, Paul, pero me gustaría que me enseñaras. No quiero ser inocente.
Paul la miró fijamente.
—Sabes perfectamente lo que está pasando. Eres una mujer adulta y sabes lo que ocurre entre los adultos.
Fern guardó silencio. Entonces, Paul abrió mucho los ojos.
—Eres virgen.
Si se llamaba así a las mujeres que nunca antes habían sentido lo que ella estaba sintiendo en esos momentos, Fern supuso que era virgen. Había imaginado que, al cabo de un tiempo, sentiría algo parecido, pero no hasta ese punto. Las sensaciones humanas eran mucho más potentes que las que experimentaban las hadas.
Las hadas hembra se emparejaban con los machos, pero sólo cuando eran lo suficientemente mayores como para poder controlar relaciones tan complicadas. Hasta ese momento, Fern nunca había pensado en esas cosas. No se consideraba con

edad suficiente ni con la sabiduría necesaria para ir en busca de un compañero.

Pero las deliciosas sensaciones de las que ahora se veía presa habían despertado su curiosidad. Si emparejarse conllevaba lo que estaba sintiendo, le encantaba la idea.

No obstante, reconoció que había algo que no le gustaba en el tono empleado por Paul respecto a lo de ser virgen. Le había dado la impresión de ser algo malo.

–Oh, Fern, esto es una locura. No puedo –Paul se apartó de ella.

–Claro que puedes –dijo Fern en tono suplicante.

–No. No puedo –respondió Paul casi con enfado.

De repente, Fern se sintió sumamente confusa.

–¿Por qué no? Quiero aprender. Quiero saber. Enséñame, Paul.

–No voy a enseñarte nada, Fern.

Paul giró sobre sus talones y empezó a caminar hacia la casa, abandonándola.

Fern se despertó cansada a la mañana siguiente. No había dormido en absoluto. Desde su llegada a la casa de Paul en Estados Unidos, había pasado los días como mortal; pero una vez que Katy se dormía por la noche, se transformaba en hada y salía a volar por los campos. Cuando volvía, cansada y entusiasmada, se acostaba en la almohada, cerraba los ojos y se dormía. Por las mañanas, descansada y contenta, y dispuesta a vivir una nueva aventura, se transformaba de nuevo en mujer.

No obstante, la noche anterior había sido distinta. Las caricias de Paul habían despertado en ella una necesidad que no sabía describir. Y lo peor era que tampoco sabía cómo satisfacer esa necesidad.

Lo único que sabía era que la clave la tenía Paul. La intensidad de la oscura mirada de él había hecho que le flaquearan las piernas. Al tocarle el rostro era como si hubiera prendido un fuego en ella.

Para ella, nada de eso tenía sentido; pero presentía que sí lo tenía para Paul. Él comprendía las emociones que la dominaban, a pesar de que a ella no le ocurriera lo mismo. Él conocía el secreto. Pero cuando le pidió que se lo revelara, Paul se negó. Incluso se había enfadado.

Con frustración, Fern se levantó de la cama y descubrió que se había despertado en forma humana. ¿O se había transformado en una mujer mientras pensaba en Paul? No lo sabía.

Le resultó extraño despertarse sin las alas, sin dar unas volteretas por el aire y salir a volar unos minutos antes de transformarse en ser humano.

Miró por la ventana y se dio cuenta de que era temprano. Todavía tenía tiempo de volar un poco antes de que Katy se despertara. Abrió la ventana, cerró los ojos y cruzó las manos a la altura del pecho sonriendo al pensar en volar.

Pero cuando abrió los ojos de nuevo, vio que... ¡la transformación no había tenido lugar!

Frunció el ceño.

Sabía que el milagro de la transformación seguía unas reglas. En el avión, se había dado cuenta de que no se podía transformar en presencia de un ser humano; no obstante, también había estado casi segura de que, de no haberse dado prisa, se habría transformado de hada en mujer delante de Katy y Paul la noche anterior.

Fern suspiró preguntándose qué era lo que le impedía volverse hada.

Un movimiento cerca de ella la sobresaltó.

–¡Fluffy! –Fern se agachó, acarició al animal y lo tomó en brazos–. ¿Cómo has entrado aquí?

¿Podía ser que ningún ser de ese mundo pudiera presenciar su metamorfosis? ¿Incluidos los gatos? Aún pensando en ello, fue a la puerta, la abrió y sacó a Fluffy al pasillo.

Una vez que cerró la puerta, se apoyó en ella, cerró los ojos y cruzó las manos sobre el pecho. Respiró profunda y relajadamente y, tras unos segundos, empezó a preguntarse si no habría perdido la capacidad de transformarse en hada.

«¡Concéntrate!», se ordenó a sí misma en silencio.

Pensó en Sidhe y en sus amigos y pronto empezó a sentirse más liviana. Le salieron las alas e inmediatamente se encontró en el aire.

Fern salió por la ventana y los diferentes aromas le llenaron los sentidos. No había nada como volar. Nada en absoluto.

No obstante, inmediatamente se dio cuenta de que eso no era verdad. Su mente conjuró la imagen de Paul. La intensa mirada de él siempre le aceleraba el pulso. El roce de su piel la hacía temblar. Paul despertaba en ella una sensación que no tenía igual.

En un abrir y cerrar de ojos, Fern se encontró en el suelo, en el césped, en forma de mujer. Una mancha verde adornaba los pantalones cortos que llevaba.

Se puso en pie y se sacudió la hierba, sorprendida de haberse transformado en ser humano en un momento tan poco apropiado. De haber volado más alto, se habría roto uno o dos huesos. Estaba dejando de controlar el proceso de la transformación.

Fern miró en dirección a la casa, a la ventana de su habitación en el segundo piso. Decidió que lo más seguro sería entrar por la puerta y subir las escaleras, y no arriesgarse a transformarse una vez más.

Al llegar a la puerta, intentó abrirla, pero la puerta no cedió. Se había quedado fuera.

Iba a tener que hacer un gran esfuerzo de concentración para volver a volar a la ventana de su habitación. Y también tenía que darse prisa, Katy estaba a punto de despertarse.

Fern cerró los ojos y, después de unos intentos vanos, se sintió presa de una gran frustración.

Suspiró pesadamente. Entonces, al abrir los ojos...

Fern vio a Paul mirándola a través del cristal de

la puerta desde el interior de la casa. Ahora ya no le extrañaba no haber podido transformarse.

Una repentina angustia se apoderó de ella. Paul iba a preguntarle qué hacía allí fuera. ¿Qué le iba a decir?

Paul abrió la puerta.

—¿Te has quedado fuera sin poder entrar? —le preguntó él.

Fern asintió, notando que Paul parecía cansado. Sus preciosos ojos oscuros tenían un brillo de misteriosa alegría.

—¿Qué pasa? —preguntó ella—. Te veo... raro.

Paul se echó a reír y dio un paso atrás para cederle el paso.

—No he querido decir raro exactamente —se corrigió Fern con rapidez—. Pareces cansado, pero también contento.

—Lo estoy —respondió Paul—. Las dos cosas. No he dormido en toda la noche.

—Oh, lo siento —dijo Fern en voz baja—. ¿Puedo hacer algo por...?

—No, no, no te preocupes —la interrumpió Paul—. En realidad, me he pasado toda la noche en vela y la culpa la tienes tú por contarme esa historia sobre el hombre del caballo.

—El dullahan —murmuró Fern conteniendo un estremecimiento mientras se dirigían hacia la cocina.

—Sí, eso —Paul asintió—. La descripción que hiciste fue excepcional, le ponía a uno la carne de gallina. Me ha inspirado enormemente.

El entusiasmo que su inesperada creatividad le había producido era casi palpable.

–No sabes cuánto me alegro, Paul.

Paul sacó dos vasos de un armario de la cocina.

–¿Zumo?

Ella asintió y le contempló mientras Paul abría el frigorífico y sacaba una botella.

Paul continuó hablando mientras servía los zumos.

–He decidido que mi protagonista sea una persona de edad avanzada que visita Irlanda y se encuentra con el dullahan.

Era imposible no sentirse cautivada por él.

–El protagonista está decidido a evitar la muerte.

–No, es imposible escapar del dullahan –dijo Fern.

–Eso es lo que quiero demostrar. Quiero dar la impresión de que el hombre consigue escapar del dullahan, pero luego viene el truco.

La risa de Paul la hizo temblar de placer.

–El hombre, el protagonista, tiene un accidente –continuó Paul–. Cuando está convaleciendo en un hospital... una enfermera le asesina. En el último momento antes de expirar, la enfermera que le mata pronuncia su nombre con una diabólica sonrisa. Conclusión: la enfermera no es una enfermera.

Fern abrió los ojos desmesuradamente.

–Es el dullahan.

–Exacto.

–Paul, eso es aterrador.

Paul sonrió traviesamente.

–Lo es, ¿verdad? A mi editor le va a encantar. Y también a mis lectores. Lo presiento. ¡Ah! Y también se me han ocurrido otras cosas que van a hacer muy interesante el resto de la novela.

–Es maravilloso.

Paul la miró fijamente.

–Y te lo debo a ti. No sé cómo agradecértelo, Fern.

A Fern le dio un vuelco el corazón.

–Ya lo has hecho –contestó ella sonriente–. Me alegro de haberte sido de ayuda.

Paul le dio el vaso de zumo de naranja y, de repente, pareció preocupado.

–Siento la forma en que nos despedimos anoche. Tenemos que hablar de ello.

–Sí –dijo Fern asintiendo.

Tenían que hablar de lo que había pasado entre los dos. Paul conocía el secreto y ella estaba decidida a que se lo revelara.

Justo en ese momento oyeron el llanto de Katy procedente del piso superior.

–Yo iré a por ella –dijo Fern–. Luego hablaremos, ¿de acuerdo?

–Sí –le aseguró Paul–, luego hablaremos.

CAPÍTULO 5

PAUL se despertó sobresaltado. Un poco antes de la hora de almorzar se había tumbado en el sofá de su estudio con la intención de descansar la vista. Ahora, el reloj marcaba las siete y cincuenta y dos minutos. Se había pasado dormido toda la tarde. Al sentarse vio la colcha de algodón que le cubría; al parecer, Fern había cuidado de él una vez más.

La imagen de los ojos azul verdoso de Fern acudió a su mente; y también su piel delicada y sus rizos cobrizos. Se le secó la boca al instante.

La deseaba. Y también, en momentos de debilidad, había pensado en poseerla. Pero después de descubrir la noche anterior lo inocente que era...

¡Virgen! No tenía derecho a jugar con algo tan peligroso.

El deseo de besarla, tocarla y acariciarla se estaba haciendo más insistente. Pero Fern era pura e inocente, no podría controlar las poderosas emociones que conllevaba una relación pasajera.

Además, Fern estaba sola en los Estados Unidos, lejos de sus amigos y de su familia. Si perdía el control, no tendría ningún sitio adonde acudir, nadie con quien hablar.

No quería hacerle daño, no quería hacerla sufrir.

Justo en ese momento, la puerta del estudio se abrió y Katy exclamó con alegría:

—¡Papá!

—Hemos venido a ver si te habías despertado –dijo Fern–. Katy se va a acostar ya y quería darte un beso de buenas noches.

Katy corrió hacia él y Paul se la sentó encima. La piel de su hija olía a jabón.

—Te has dado un baño, ¿eh? –Paul le dio un beso y la niña se rió–. ¡Te comería ahora mismo!

Paul le acarició la mejilla con la nariz y ella continuó riendo.

—¿Te lo has pasado bien con Fern hoy?

—¡Fun! –gritó Katy.

Paul miró a Fern.

—Perdona que me haya quedado dormido.

—No digas tonterías, necesitabas descansar.

—Bueno, reconozco que tienes razón –Paul dejó a Katy en el suelo y se pasó la mano por el cabello–. ¿Qué os parece si voy con vosotras a acostar a Katy? Dime, hija, ¿quieres que papá te lea un cuento?

—¡Sí! –Katy aplaudió con entusiasmo.

Los tres subieron al piso superior y, en el cuarto de Katy, Paul dejó que su hija eligiera un libro. Katy no se quedó satisfecha con un cuento, por lo que él le leyó un segundo. Cuando cerró el libro, la niña estaba bostezando y frotándose los ojos.

Fern le quitó a Katy del regazo y la acunó en sus brazos.

—Tienes que acostarte, cariño —dijo Fern con voz suave.

Paul se puso en pie y dijo susurrando:

—Voy a darme una ducha.

Fern le clavó en el sitio con una fija mirada.

—¿Podríamos reunirnos abajo cuando hayas acabado? Para hablar.

Paul asintió, besó a Katy en la frente y se marchó de la habitación.

Al cabo de un rato bajó las escaleras sintiéndose rejuvenecido. No había nada tan revitalizante como una ducha fría. Se había afeitado y se había cambiado de ropa; sin embargo, la energía que sentía no evitaba la intranquilidad que le invadía desde que había comprendido lo decidida que estaba Fern a que tuvieran una conversación.

La encontró sentada a la mesa de la cocina con un vaso de té con hielo.

—¿Te apetece beber algo? —le preguntó ella en el momento en que le vio entrar.

—No te levantes, yo me lo prepararé —dijo Paul.

Paul sacó una jarra de la nevera y se sirvió el té.

Tratando de retrasar la conversación, dijo:

—Quiero darte las gracias una vez más por el relato que me contaste ayer. Es increíble cómo se me ha abierto la imaginación. Me estaba preguntando si podrías contarme alguna historia más.

Paul se interrumpió un segundo, la miró fijamente y añadió:

–No me refiero a ahora mismo, por supuesto; todavía estoy en la fase de estructurar la novela. Quiero decir dentro de unos días, cuando necesite más personajes. ¿Podrías hacerlo?

–Naturalmente. Si puedo ayudarte a escribir...

–Sí que puedes, Fern –le dijo él con sinceridad.

Los ojos de Fern adoptaron una expresión seria.

–Estoy dispuesta a ayudarte, Paul. Pero... ¿estás tú dispuesto a darme lo que quiero? Quiero el secreto, Paul. Dime todo lo que sabes.

Paul evitó los ojos de ella a modo de silenciosa negativa.

–Haces que sienta cosas –insistió Fern–. Cosas misteriosas que nunca he sentido. Es algo... profundo, dentro de mí. Es como una... llamada sin respuesta. Es como hambre, pero no de comida. Es una especie de... No sé cómo explicarlo.

Paul lanzó una suave carcajada.

–Gente muy inteligente lo ha intentado y, al igual que tú, no ha podido explicarlo –pero Paul vio que Fern fruncía el ceño y continuaba con el rostro ensombrecido–. Estás muy seria, Fern. ¿Es que tus padres nunca te han hablado de esto? Dado cómo está el mundo, suponía que lo habrían hecho.

–Es difícil de imaginar, lo sé, pero el lugar de donde yo vengo es completamente distinto a tu mundo –Fern bajó la cabeza–. No se habla de este tipo de cosas.

La inocencia de ella era dulce y... muy peligrosa.

Los nervios le hicieron aclararse la garganta.

–No sé cómo explicártelo, Fern. Verás, a través de los siglos, las personas han tratado de encontrar las palabras que definan realmente la esencia de todas esas cosas que estás sintiendo, pero nadie lo ha conseguido –Paul se sentó y apoyó un codo en la mesa–. Describir el deseo es inútil porque nadie ha podido explicar lo que lo motiva. Es un milagro.

Paul hizo una pausa para tomar aliento antes de proseguir.

–Y no dudes que nadie lo conseguirá en el futuro. Es algo hermoso que desafía todo tipo de explicación.

–En ese caso, si no puedes explicármelo, me gustaría que me hicieras una demostración.

Paul frunció el ceño y se mordió el labio inferior mientras pensaba en una respuesta.

–Cielo, no sabes lo que estás diciendo.

Las emociones de ella le asaltaron: confusión, angustia, ansiedad y anhelo. A pesar de saber que era una equivocación, Paul le cubrió la mano con la suya. Fern tenía la piel cálida y él hizo un esfuerzo por ignorar la electricidad que corría entre ambos.

–Voy a intentar explicártelo, ¿de acuerdo? –dijo Paul–. Pero vas a tener que ser paciente conmigo.

Fern asintió.

–La atracción, el deseo, la pasión... todas esas cosas están relacionadas con la intimidad entre un hombre y una mujer. Intimidad, comunión... sexo –Paul suspiró, pensando que aquello era más difícil de lo que había supuesto–. El acto sexual puede ser algo maravilloso... y puede no serlo.

Fern levantó las cejas. Estaba intentando comprender, pero Paul sabía que sus explicaciones no eran muy claras.

–Verás –continuó él–, el sexo, el acto de unirse, no debería realizarse a menos que el hombre y la mujer se enamoren; de lo contrario, el sexo es sólo la satisfacción de la lujuria. Y la lujuria, aunque es placentera, deja a las personas sintiéndose vacías, insatisfechas... no tiene sentido.

Paul guardó silencio.

–Me estás diciendo que tienes que enamorarte de mí antes de realizar el acto sexual conmigo que es lo que va a darme satisfacción, ¿verdad? –dijo ella en voz muy baja.

«Dios mío, ¿qué he hecho?», se preguntó Paul a sí mismo en silencio.

–No es exactamente eso lo que estoy diciendo –se apresuró a aclarar él–. Fern, no toda mujer y hombre que se conocen sienten la clase de atracción que conduce al amor.

Fern pareció más confusa que antes.

–Así que... ¿no te atraigo?

Paul sabía que mentiría si contestaba con una negativa.

–Pero... yo sé que has sentido lo mismo que yo –Fern habló en voz más alta e inclinándose hacia delante–. Lo he visto en tus ojos. Lo he sentido envolvernos a los dos. No me puedes negar que lo sintieras.

Paul bajó los ojos momentáneamente. Tenía ganas de que se lo tragara la tierra.

Por fin, alzó el rostro y la miró.

—Tienes razón, no puedo negarlo.

Fern asintió.

—No obstante, el hecho de que sintamos atracción el uno por el otro, no significa que eso nos va a conducir a la clase de relación que se necesita para...

—Para realizar el acto sexual —concluyó ella.

—Exacto.

La expresión de Fern cambió, era como si acabara de ocurrírsele una idea.

—¿Y qué pasa si realizamos el acto sexual sin que haya amor? —preguntó ella.

A Paul le pareció que iba a darle un infarto.

—No puedes decirlo en serio, Fern. Te aseguro que no quieres hacer eso. Y aunque tú quisieras, yo no. Olvídalo.

—Oh. Está bien, sólo era una pregunta —volvió a arrugar la frente—. Si no te molesta que te lo pregunte... ¿por qué no quieres hacer el acto sexual conmigo sin amor?

Paul se frotó la mandíbula.

—Lo que tienes que entender es que... que hacer el amor es un milagro. Es algo especial que debería ocurrir entre un hombre y una mujer que se quieren. Y eso es aún más importante en tu caso.

—¿En mi caso? ¿Por qué mi caso es especial?

—Porque será... la primera vez —concluyó Paul.

–En ese caso, cuéntame qué pasó tu primera vez –dijo Fern.

–Me parece que es mejor que no...

–Sí, quiero saberlo –insistió ella.

–No. Yo era un adolescente enardecido y empeñado en perder la virginidad con la primera persona que pudiera.

Fern abrió mucho los ojos.

–¡Eso es exactamente lo que me pasa a mí!

Paul no pudo evitar echarse a reír.

–No, a ti no te pasa eso, Fern. Lo que te pasa a ti es que sientes curiosidad, y eso es un instinto humano muy natural.

–¿Y estar enardecido no es natural?

Paul volvió a reírse.

–Cuando yo era adolescente debía de serlo. Pero ni tú ni yo somos adolescentes, y tú no quieres perderte el respeto a ti misma. Y, por supuesto, no mereces que los demás te pierdan el respeto.

Fern juntó las manos y las puso encima de la mesa.

–Supongo que, dicho así, tienes razón.

–Estupendo –dijo Paul–. Me alegro de que hayamos aclarado la situación.

Paul bebió un sorbo de té.

–¿Podrías hablarme de la primera vez que hiciste el amor de verdad?

A Paul casi se le cayó el vaso.

–Yo suponía que tu primera vez había sido con Maire –añadió Fern.

El recuerdo le envolvió. Imágenes de los oscuros ojos de Maire llenaron su mente.

–Sí.

Cuando su esposa murió, Paul creyó que jamás encontraría a otra mujer de la que pudiera enamorarse como de Maire. Pero ahora se daba cuenta de que la atracción que sentía por Fern era también muy intensa.

Fern le tocó el brazo.

–No te pongas triste, Paul.

Paul parpadeó. Era evidente que Fern había interpretado su silencio como tristeza.

–¿Quieres hablar de ello? –dijo Fern.

Paul sintió calor en las mejillas.

–Mi relación con Maire es algo... demasiado íntimo para hablar de ello.

Pero, realmente, lo que estaba sintiendo era vergüenza. Había recordado a Maire, pero simultáneamente pensaba en Fern.

Esos ojos azul verdoso mostraron preocupación de repente.

–¿Qué te pasa, Fern?

Fern apartó la mirada de él.

–Me gustaría hacerte una pregunta, pero no sé si debo. Es posible que sea demasiado personal.

–No te preocupes, hazla. Si considero que la pregunta va demasiado lejos, te lo diré.

Paul la animó con una sonrisa.

–Tu relación con Maire era... íntima.

Fern no había empleado un tono interrogante,

pero Paul se dio cuenta de que esperaba una respuesta.

—Sí —contestó Paul—. Maire y yo estábamos muy enamorados.

—En ese caso, ahora que Maire ya no está... —empezó a decir Fern en tono vacilante—, ¿significa eso que ya nunca podrás realizar el acto sexual con nadie?

Se hizo un denso silencio. Paul sabía qué responder.

—La verdad es que no lo sé, Fern —respondió él finalmente—. Pero si estás pensando en ti y en mí, si me estás preguntando si podríamos enamorarnos...

—No —Fern sacudió la cabeza—. No estoy hablando de mí, eres tú quien me preocupa.

Sin saber adónde estaba llevando Fern la conversación, Paul guardó silencio.

—Esas emociones que despiertas en mí, son atracción —dijo ella despacio—. Esa especie de calor interior... es increíble. Y si Maire era la única persona que te hacía sentir esas cosas, y ya no está aquí, creo que... En fin, sería muy triste que no volvieras a experimentar el milagro del sexo nunca más.

Nervioso, Paul se acarició la mandíbula. Le enterneció la preocupación de Fern por él. Un montón de emociones se agolparon en su pecho.

—Pero yo creo que a Maire no le gustaría que estuvieras solo el resto de tu vida —añadió Fern—. Piénsalo, Paul. Si la situación fuera a la inversa, si fuera Maire quien se hubiera quedado sola con Katy, ¿te gustaría que se quedara sola el resto de su vida? ¿Querrías que no volviera a sentir amor nunca más?

Paul contempló el rostro de Fern y no vio ninguna señal de egoísmo en su expresión. Sabía que Fern quería que le enseñara lo que era hacer el amor; no obstante, en el momento en que Fern había pensado que él estaba triste, se había olvidado de sí misma y se había puesto a intentar solucionar sus problemas. Había hecho lo mismo cuando se conocieron.

Fern era una mujer increíble.

La ciudad de Nueva York era un lugar único, decidió Fern mientras caminaba al lado de Paul. Había tiendas de todas las clases en las calles, y gentes de todo tipo. Pero los transeúntes parecían tener algo en común: la prisa.

Los olores también eran especiales, como los de la panadería que acababan de dejar atrás. Y cuando pasaron por un puesto de la calle, se le hizo la boca agua con el fuerte olor de la mostaza.

Hacía más de una semana desde su conversación sobre el sexo y el amor. Paul había dicho que lo que les ocurría a ambos se llamaba atracción; pero aunque le había dejado muy claro que no tenía intención de enseñarle lo que era el sexo, eso no había impedido que, cada vez que estaban juntos, sintieran esa especie de electricidad y tensión entre ambos.

El hecho de que ella no hubiera tenido experiencia sexual parecía tener que ver con que Paul no quisiera revelarle el secreto. Fern suponía que podía acercarse a otro humano para que se lo enseñara, pero el instinto le decía que sólo con Paul sentiría algo muy especial.

En ese caso, ¿qué era lo que sentía por él? ¿Lujuria? ¿O amor?

Le habría gustado preguntarle a Paul cuál era realmente la diferencia entre una y otra cosa, pero él había estado demasiado ocupado con el trabajo.

Llevaba días escribiendo sin parar; sin embargo, aquella mañana, había querido llevarlas a Katy y a ella a pasar el día en la ciudad.

–Te preguntaría si te lo estás pasando bien –le dijo Paul empujando el cochecito de Katy por la acera–; pero a juzgar por cómo te brillan los ojos, no me parece necesario. Estoy seguro de que te lo estás pasando de maravilla.

–¡Absolutamente! –le informó ella–. En primer lugar, nunca había ido en metro. En Sidhe no hay.

Paul había dejado el coche antes de entrar en la ciudad y los tres habían ido al centro en metro.

–Al principio me tenías preocupado –le dijo Paul–. Al entrar en la estación, parecías asustada.

–Asustada no. Bueno, quizá un poco. Pero sabía que no podía pasar nada; de lo contrario, no habría ido hasta ahí abajo y tampoco se lo habría permitido a Katy. Esos túneles estaban muy oscuros.

En ese momento, Katy empezó a agitarse en el

asiento del cochecito. Fern se agachó para calmarla con una sonrisa.

–Me parece que alguien tiene hambre.

Los tres entraron en una tienda a comprar bocadillos, zumo y patatas fritas; luego, fueron a comer a un lugar al que Paul llamó Central Park.

Encontraron un sitio a la sombra y Fern extendió en el césped una pequeña manta que Paul llevaba en la bolsa de los pañales. Inmediatamente después se sentaron a comer.

–No puedo creer que haya un bosque tan grande en medio de tantos edificios enormes. Es increíble.

Paul le habló de los viajes a la ciudad que hacía con su madre cuando era pequeño para ir de compras. Su padre no soportaba las ciudades, pero a su madre le encantaban.

Después del almuerzo, Katy salió corriendo por el césped y Paul fue tras ella. Fern apoyó la espalda en el tronco del árbol y se contentó con mirarles mientras jugaban a cierta distancia.

De repente, se puso tensa.

Al ver que Paul y Katy estaban bien, empezó a pasear la mirada por su alrededor. Fue entonces cuando sintió un zumbido pasarle por encima de la cabeza. Tembló y sintió una imperiosa necesidad de seguir a lo que le había pasado volando por encima.

Tratando de calmarse, se dijo a sí misma que no era nada. Debía de tratarse sólo de un insecto. O quizá un colibrí. Pero no, sabía que no era eso. Había sido algo mágico, algo parecido a ella misma.

Se puso en pie y, tras asegurarse de que Paul y

Katy aún estaban jugando, se adentró en la arboleda.

Pronto el verdor se hizo espeso, impenetrable a los rayos del sol. La temperatura era unos grados más fresca. Fern buscó en el suelo y entre las ramas de los árboles. No sabía qué estaba buscando exactamente, ni si sería capaz de ver a la criatura mágica en su forma humana. Lo único que sabía era que debía intentarlo. Lo sentía.

Fue entonces cuando lo oyó. No había nada en la tierra tan triste como el sonido del llanto de un hada.

La búsqueda de Fern se hizo frenética. ¿Qué estaba haciendo un hada en Central Park? ¿Y qué le hacía llorar?

Las hadas eran criaturas felices, casi nunca sentían pesar. La tristeza casi nunca les afectaba; sin embargo, cuando ocurría, era agonizante.

–Hola –dijo mirando hacia los árboles–. ¿Dónde estás?

El llanto cesó.

–Deja que te ayude –continuó Fern.

Fue de un árbol a otro.

–Sé que estás ahí –dijo con voz suave–. Por favor, baja.

Nada.

Pero Fern sabía que había un hada allí y que tenía problemas terribles. No obstante, si el hada no estaba dispuesta a aceptar su ayuda, ella no podía hacer nada por mucho que quisiera.

Fern volvió la cabeza en dirección al camino

por donde había llegado. Paul iba a preocuparse. Pero no podía marcharse sin intentar hablar con el hada una vez más.

–Por favor, deja que te ayude. Soy igual que tú. Puede que no lo parezca, pero lo soy.

Sin embargo, dejó de sentir la presencia del hada. Se había marchado.

Fern suspiró y emprendió el camino de regreso con pesar.

–Ah, estás ahí –dijo Paul al verla salir de la espesura–. No sabía dónde te habías metido.

–Yo... había ido a dar un paseo –respondió Fern.

Paul estaba poniéndole el cinturón de seguridad del cochecito a Katy.

–Bueno, me parece que deberíamos recoger las cosas de la comida, ¿no? Me gustaría llevarte a algunos sitios más.

–Perfecto –contestó Fern–. Quiero verlo todo.

Paul se rió.

–Me parece que no vas a poder verlo todo, pero hoy veremos tanto como podamos.

Fern sonrió y le ayudó a recoger.

–¿Lista? –preguntó Paul cuando acabaron.

Fern asintió.

Pero mientras se alejaban, Fern volvió la cabeza. Había un hada en el parque, un hada terriblemente infeliz. Podía estar sola y perdida. Podía estar asustada o herida.

Con desgana, Fern dejó al hada tras de sí.

CAPÍTULO 6

BUENO, ya estoy listo –dijo Paul entrando en el cuarto de estar.

Fern levantó el rostro de la revista que estaba hojeando.

–¿Listo? ¿Listo para qué?

Habían pasado dos días desde la visita a la ciudad de Nueva York y habían vuelto a la rutina diaria. Fern cuidaba de Katy durante el día mientras Paul trabajaba en su novela. Por las tardes, cenaban juntos. Después de la cena, Paul jugaba un rato con Katy o los tres salían a dar un paseo antes de acostar a la niña. En ese momento, Paul volvía de dejar a Katy en la cuna.

–Ya tengo el argumento del libro, pero necesito personajes secundarios –dijo Paul–. Los humanos ya están, pero me gustaría que me contaras más cosas sobre personajes mágicos del folclore irlandés.

–Ah, entiendo –Fern sonrió al tiempo que cerraba la revista y la dejaba al lado de donde estaba sentada en el sofá–. Quieres que te hable de Sidhe.

–Sí, eso es –Paul se sentó en un sillón, con las

piernas casi rozando las de ella–. Me gustaría que alguien, o quizá debiera decir «algo», acudiera en ayuda del protagonista. Un ser que le ayude a escapar del dullahan.

–No hay nada que escape al dullahan –susurró Fern, aunque sabía que Paul ignoraba ese hecho.

–Ya lo sé. Y como ya te conté, al final, el dullahan acaba con el protagonista; pero le va a costar lo suyo.

Paul se frotó las manos y se rió antes de añadir:

–Estaba pensando que fuera un duende quien ayudara al protagonista a eludir al dullahan durante un tiempo.

Después de reflexionar un momento, Fern dijo:

–No estoy segura de que un duende sirva para lo que quieres. Los duendes son muy trabajadores, pero no se tomarían la molestia de preocuparse por los problemas de los mortales, lo considerarían una pérdida de tiempo.

La curiosidad iluminó el rostro de Paul.

–Los cluricauns son parientes de los duendes, pero no son industriosos –continuó Fern–. Y les gusta beber. Se suben a los lomos de los animales y cabalgan sobre ellos durante toda la noche. Algunos dicen que los cluricauns son duendes que se emborrachan por las noches y, por las mañanas, se niegan a responsabilizarse de sus actos.

Paul se echó a reír y a Fern ese sonido le produjo un gran placer.

–De todos modos, creo que lo que necesitas es un hada traviesa. Noso... –Fern evitó a tiempo el desliz–. A las hadas traviesas les gusta gastar bromas; pero, sobre todo, se caracterizan por su afecto por los mortales. Estas hadas son curiosas y, aunque interferir en los asuntos humanos les está prohibido, ocurre.

–Un hada, ¿eh? –Paul se quedó pensativo.

–Los trasgos y los duendecillos benévolos también servirían –sugirió Fern con intención de centrarse en otro tipo de ser mágico diferente a ella–. Suelen encargarse de vigilar y proteger los bosques de Sidhe, pero si creases en una novela un renegado...

Fern dejó la frase en el aire, lo mejor sería dar rienda suelta a la imaginación de Paul.

–Un trasgo renegado.

El atractivo rostro de Paul adoptó una expresión vaga y distante. Fern se dio cuenta de que, aunque estaba allí físicamente, su pensamiento se encontraba en el relato que estaba creando.

–Quizá el trasgo había recibido ayuda de un humano en el pasado y ahora quiere devolver el favor –murmuró Paul.

A Fern se le ocurrió una idea.

–Los fuegos fatuos también te servirían, Paul. Merodean por los pantanos en busca de lo que está perdido.

Paul, asintiendo, murmuró:

–Tengo intención de incluir una escena en la que el protagonista se pierde en una zona pantanosa.

–Hay muchos seres mágicos, Paul. Los fantasmas que presagian la muerte, los elfos, los gnomos. El hada del amor...

–¿Cuál es el hada del amor? Parece interesante.

Fern le dedicó una mirada burlona.

–Si te parece interesante ser un esclavo del amor, no te lo discuto. El hada del amor no se conforma con el amor de un humano, lo que quiere es tener un dominio total sobre él. Y casi ningún humano se le resiste. Una vez que un humano se enamora de ella, su destrucción total está garantizada.

De nuevo, la expresión distante de Paul le indicó que la imaginación le había volado al libro; pero, esa vez, incluyendo al hada del amor.

Fern sintió algo extraño, algo parecido al temor. No quería que Paul pensara en el hada del amor. El hada del amor no tenía derecho a ocupar los pensamientos de Paul.

Con intención de distraerle de la peligrosa y dominante hada, Fern dijo:

–¿Sabes qué personaje mágico sería excelente como el malo de tu siguiente libro?

La pregunta sacó a Paul de su ensimismamiento.

–¿Cuál? –preguntó él.

–El hombre rojo. Es pariente de los duendes; sin embargo, su cuerpo esquelético es diabólico. Va vestido todo de rojo, desde los calcetines al gorro. Le divierte el terror que un humano puede sentir. Sería un personaje malévolo perfecto –Fern arrugó la nariz–. Y, para empeorar las cosas, su aliento es fétido.

Fern había vuelto a avivar la imaginación de Paul, y estaba encantada de haberle distraído de sus pensamientos respecto al hada del amor. El hada del amor sólo podría ocasionarle problemas.

Paul cambió de postura hasta sentarse en el borde del sillón.

—Fern, a pesar de que me encanta todo lo que me cuentas de Sidhe, estoy completamente saturado; quiero decir que ya tengo un montón de información que me vale y me gustaría hacer anotaciones sobre los personajes de los que me has hablado antes de que se me olviden. ¿Te molestaría que te dejara y fuera a trabajar durante un par de horas?

Antes de que a Fern le diera tiempo a responder, Paul, con expresión de extrañeza, frunció el ceño.

—Espera un momento. Al empezar a hablar de los personajes mágicos irlandeses, te has referido a Sidhe como el mundo donde viven las criaturas mágicas. Sin embargo... ¿no me dijiste que tú también venías de Sidhe?

A Fern se le heló la sangre.

—Es una coincidencia —respondió ella sin pensar—. Una simple coincidencia.

Paul, relajándose, asintió.

—El hecho de que tu lugar de nacimiento tenga el mismo nombre que el reino de los personajes mágicos lo hace aún más interesante. Me gustaría visitar ese lugar algún día.

Fern logró sonreír, pero lo hizo evitando la mirada de Paul.

Paul se puso en pie.

—Bueno, ahora, si no te importa, voy a trabajar un rato, ¿de acuerdo? Siento mucho dejarte sola, pero...

—El trabajo te espera —concluyó ella en voz baja—. No te preocupes, lo comprendo.

—Sí, el trabajo me espera.

Al día siguiente, Paul se tomó un descanso y salió con Fern y Katy a dar un paseo. Fern, bajo los rayos del sol, alzó el rostro y sonrió.

—Hace un día precioso —declaró ella.

—Precioso —repitió Katy, que iba agarrada de las manos de ambos adultos en medio de ellos.

Al bajar la cabeza, Fern notó que la niña la estaba imitando, mirando al cielo. Se rió. Entonces, cuando su mirada se encontró con la de Paul, notó una curiosa expresión en sus ojos, una expresión de tal intensidad que casi le paró el corazón.

—¿Qué pasa? —preguntó Fern.

—Nada, eres tú —respondió Paul—. Eres justo lo que Katy ha dicho, preciosa.

Fern sonrió traviesamente, pero le temblaron las piernas al oír el halago de Paul.

—Tu hija se estaba refiriendo al día —observó Fern—. Al tiempo, al sol.

—En cualquier caso, tiene razón.

A Fern le dio la impresión de que el corazón quería salírsele del pecho.

—Te gusta mucho el aire libre y el campo, ¿verdad? –dijo Paul.

—¿Cómo no me va a gustar? –respondió ella en tono ligero–. El aire es fresco, las flores huelen de maravilla, los árboles están verdes. Incluso el olor de la hierba cortada es maravilloso.

Paul pareció quedarse pensativo. Pero Fern no tardó mucho en notar que volvía a centrar su atención en ella y le pareció que todo su cuerpo ardía de repente.

—Me gusta que disfrutes tanto de todo –comentó Paul–. Te entregas a la vida completamente, vives cada segundo al máximo; tanto si estás dando un paseo por el campo como por la ciudad. También es evidente que disfrutas estando con Katy... y conmigo.

El aterciopelado timbre de la voz de Paul causó una reacción en cadena en ella: se le aceleró el pulso, se le contrajo el vientre y un temblor le recorrió el cuerpo. Ese hombre provocaba unas increíbles reacciones en ella. Tanto si le hablaba como si la tocaba, originaba cambios en su cuerpo.

—Ah, saborear la aventura –dijo ella, sorprendida por el tono ronco de su voz.

Paul asintió.

—Desde luego, ésa parece ser tu meta en la vida. Supongo que me da envidia ver que, para ti, toda experiencia es una aventura.

—Y lo es, Paul –confirmó ella.

—Sí, no lo niego. Sin embargo, a lo largo de mi vida he descubierto que la mayoría de las aventuras son bastante cotidianas. Cuidar de Katy día a día es repetitivo, el sol sale todas las mañanas y se oculta todas las noches, y no ocurre nada fuera de lo normal.

Fern se detuvo y le miró.

—No estoy de acuerdo en absoluto contigo. Los días con Katy son todos diferentes y maravillosos; por ejemplo, ayer, colocó seis piezas de madera formando una torre ella sola. ¡Estaba orgullosa de sí misma! Tendrías que haber visto cómo le brillaban los ojos. Y esta mañana, sin ir más lejos, se ha quedado muy quieta de repente y, con orgullo, ha dicho que quería pipí.

Paul sonrió y miró a su pequeña.

—Creo que ha llegado el momento de enseñarle para dejar de utilizar los pañales.

—Sí, me parece que está lista —Fern sonrió traviesamente—. ¿Y no te parece eso una aventura?

Paul se rió y a Fern le dieron ganas de echarse a volar de alegría. Le encantaba ver contento a Paul.

De repente, la alegría de él pareció desvanecerse.

—Fern, no tengo ni idea de cómo se le enseñan a una niña esas cosas.

—Oh, vamos, Paul, no te asustes. Yo tampoco he enseñado eso a ningún niño, pero no puede ser difícil. Se le quitan los pañales y se la sienta en un orinal. Pronto se dará cuenta de qué es lo que tiene que hacer... espero.

Paul se la quedó mirando un momento con especial intensidad; después, dijo.

–¿Sabes una cosa? Me parece que tienes razón. Tengo que empezar a disfrutar de la aventura del día a día. Incluso de lo de enseñarle a Katy a utilizar el orinal.

–Eso es –dijo Fern contenta–. ¡Eso es!

Continuaron paseando un rato, hasta que Paul dijo:

–Me parece que deberíamos volver. Es hora de que Katy se eche la siesta.

–Sí, va siendo hora.

Los tres emprendieron el camino de regreso a la casa. De repente, un coche dobló una curva y, automáticamente, los tres se retiraron a la cuneta. En ese momento, un animal salió de entre la hierba y cruzó la carretera.

–¡Fluffy! –gritó Fern.

El chirrido de las ruedas del coche en el asfalto de la carretera ahogó el grito de Katy. Todos los músculos del cuerpo de Fern se tensaron y sólo el instinto la hizo agarrar a Katy para evitar un desastre. El conductor del coche giró el volante, pero no pudo evitar atropellar al animal.

Paul cruzó la carretera y se agachó delante del gato.

El conductor del coche salió y se acercó a Paul.

–Señor, ¿ese gato es suyo? –preguntó el adolescente con expresión asustada–. Lo siento. He intentado parar, pero no he podido evitar atropellarlo. Lo siento mucho.

–Ha sido un accidente –dijo Paul–. Mi gato se

ha colocado delante del coche, lo he visto. Era imposible que te diera tiempo a parar.

El chico miró a Fluffy.

–¿Está vivo?

Paul no respondió, pero continuó mirando al animal inerte. Después, miró a Fern con angustia.

–¿Paul? –dijo ella en tono de pregunta.

–Fluffy –Katy dio unas palmadas en las mejillas de Fern para llamar su atención.

Fern intentó sonreír a la niña, cuyos ojos estaban llenos de lágrimas.

–Tranquilízate, Katy –susurró Fern.

–Está vivo –anunció Paul–. Pero está herido. Hay que llevarlo a un veterinario enseguida. Ahora mismo.

–Tengo una manta en el maletero del coche –dijo el adolescente–. Si quiere, le llevo yo al veterinario. Me quedaré con usted hasta ver qué pasa.

Paul asintió.

–Gracias. Y sí, no me vendría mal la manta para envolverlo. Lo mejor es mantenerlo caliente.

Mientras el chico iba a abrir el maletero, Paul cruzó la carretera para reunirse con Fern y Katy.

–Cielo, voy a llevar a Fluffy al médico –le dijo Paul a su hija mientras le acariciaba el rostro–. No quiero que te preocupes, todo va a salir bien. Tú quédate con Fern.

A modo de respuesta, Katy se agarró al cuello de Fern y ocultó el rostro en su hombro.

–Se va a dormir –dijo Fern a Paul–. No te preocupes por nosotras, estaremos bien. ¿Crees que Fluffy se va a salvar?

Paul respiró hondo. Por fin, murmuró:

—Lo único que sé es que respira, pero no sé si se salvará.

Entonces, Paul hizo algo extraordinario: se inclinó hacia ella y la besó en la mejilla. La dulzura del gesto la dejó sin respiración. Algo le decía que el contacto físico entre los humanos era parte del secreto que quería descubrir.

—Volveré a casa tan pronto como sea posible —prometió Paul.

Al instante, se dio media vuelta y cruzó la carretera.

Paul agarró la manta que el chico le dio y, con cuidado, envolvió a Fluffy con ella. Tomó al gato en sus brazos y se metió en el coche. Se marcharon dejando a Fern y a Katy allí.

La tristeza y la preocupación la embargaron. Ser humano era duro, pensó Fern en ese momento. Era duro vivir con el miedo a la muerte.

Sabía que los humanos eran capaces de sentir mucha felicidad; no obstante, también sufrían mucho.

Fern suspiró. Como ser humano, no disponía del lujo de una bolsa de polvos mágicos.

—Vamos, cariño —le dijo a Katy—. Volvamos a casa.

Durante el camino de regreso, Fern se dio cuenta de que la angustia que se podía sentir siendo un ser humano podría valer la pena, en su caso, si fuera a compartir su vida con Paul.

Pero tan pronto como la idea le acudió a la mente, se derrumbó. Ella no era un ser humano... normalmente, sólo estaba hecha de carne y hueso temporalmente y debido a la magia. Ella era un hada, tenía que recordarlo. Y las hadas vivían en Sidhe.

Todo lo demás era pura fantasía.

Llegó a la conclusión de que lo que Paul necesitaba era una humana, una mujer que compartiera con él los placeres de la vida. Una mujer que estuviera con él en los momentos difíciles. Lo que ella no podía olvidar era que estaba allí para convencer a Paul precisamente de eso.

CAPÍTULO 7

NO SABE cuánto lo siento.
El joven que estaba sentado con él en la sala de espera de la clínica veterinaria debía de haberle pedido disculpas al menos una docena de veces. Se llamaba Donny Roberts y era la segunda vez que sacaba el coche él solo. El vehículo era de sus padres.

Paul había insistido en que Donny llamara por teléfono a sus padres para que supieran dónde estaba.

—No te preocupes, ya verás cómo se cura —le aseguró Paul, aunque no estaba seguro de que Fluffy sobreviviera.

Donny volvió a mirar hacia la puerta cerrada de la sala donde estaban tratando a Fluffy.

—¿Cuánto cree usted que van a tardar en decirnos cómo está? No lo digo porque quiera irme, es que estoy nervioso —la preocupación se reflejaba en su joven rostro—. Espero que su gato no...

—No creo que tarden mucho.

Pero Paul no tenía ni idea de si estaba mintiendo al chico o diciéndole la verdad. No lo sabía.

Guardaron silencio. Paul pensó en el rubio adolescente de ojos azules que estaba con él. ¿Qué clase de chico sería? ¿Cómo era su hogar? ¿Cómo le trataban sus padres?

Era la maldición de todo escritor, preguntarse por las vidas de todo el mundo.

Evidentemente, los padres de Donny habían educado bien a su hijo. El chico bien podría haber continuado conduciendo después de atropellar a Fluffy; sin embargo, no lo había hecho. Y después de disculparse, no había vacilado en ofrecerse para ayudarle a llevar al animal a la clínica veterinaria.

Paul también estaba preocupado por Katy, se disgustaría mucho si su gato no volvía a casa. Se preguntó cómo estaría en esos momentos, pero le tranquilizó saber que estaba con Fern.

Ah, Fern.

Paul estaba preocupado con eso. No podía creer lo importante que se había convertido para él esa mujer en el poco tiempo que la conocía. Fern realmente quería a Katy y a él le había ayudado a volver a escribir.

Su mundo era mucho más brillante desde que la conocía.

Eso era lo que había hecho Fern, iluminar su mundo.

Era como una hermosa y radiante luz.

Además, era tan dulce e inocente... Se merecía tener su primera experiencia sexual con alguien que pudiera mirar al amor con la misma frescura y sentido de la novedad.

Por supuesto, Fern le excitaba hasta límites insospechados, pero él creía que se merecía a otra persona.

Como él ya había estado casado, sabía lo que era enamorarse por primera vez. Pero la viudedad le había hecho sufrir tanto que no se sentía capaz de volverse a entregar a alguien por completo. Y Fern se merecía...

Justo en ese momento, una puerta se abrió y el veterinario se acercó a él.

Paul salió del coche y cerró la puerta. Después, se inclinó sobre la ventanilla abierta.

–Gracias por traerme a casa –le dijo al chico.

Donny abrió la boca para responder, pero Paul le interrumpió.

–No vuelvas a disculparte, por favor. Ya has oído al veterinario, la cosa habría sido mucho peor de no haber llevado a Fluffy a la clínica inmediatamente, y nos has llevado tú –Paul señaló a Donny con un dedo–. Tengo tu número de teléfono; en cuanto sepa algo más sobre el estado de Fluffy, te llamaré para decírtelo.

Los ojos del chico mostraron gratitud.

–Gracias, señor Roland.

Paul se apartó del coche y Donny se marchó.

Fern le recibió en la puerta.

–¿Cómo está Katy? –preguntó Paul, animándose sólo con ver a Fern.

–La pobre se ha dormido llorando. ¿Cómo está Fluffy?

—Se va a salvar –contestó Paul–. Han tenido que operarle, tenía una pierna rota. Y también le han puesto unos clavos en la cadera. Tiene que pasar en la clínica unos días.

Los ojos de Fern se llenaron de lágrimas y Paul vio cómo le temblaba la barbilla. Una intensa emoción le embargó.

—No sabía qué hacer. Me he sentido tan indefensa... He intentado consolar a Katy, pero... Su llanto me ha roto el corazón. Katy es demasiado pequeña para entender lo que ha pasado, pero estaba muy disgustada.

Paul la entendía perfectamente. Las lágrimas de ella también le estaban rompiendo el corazón a él.

—Le he cantado –continuó ella–. La he acunado. He intentado distraerla con libros, con juegos... pero nada. Por fin, se ha dormido de puro agotamiento.

—Siento no haber estado contigo, Fern –dijo Paul poniéndole las manos en los hombros.

En el instante que la tocó, se dio cuenta de que había cometido una terrible equivocación. El aire se espesó hasta hacerle casi imposible respirar. El universo pareció contenerlos a ellos dos solos, lo demás desapareció.

Los labios de Fern se abrieron, pero Paul sabía que Fern ignoraba lo tentadora que era su boca.

—No podías estar aquí, tenías que llevar a Fluffy al veterinario –susurró Fern.

Paul le acarició los brazos hasta colocarle las manos en los codos.

–No sabes la tranquilidad que me ha dado saber que Katy estaba contigo –dijo Paul con voz ronca.

Estaban hablando de Katy y del accidente, pero Paul sabía que la ronquera de su voz se debía a otra cosa, a algo tan potente que casi le estaba ahogando.

Una de las manos se le levantó como por sí misma. La piel de la mejilla de Fern era cálida y suave, tan suave como la seda. Le acarició el pómulo con la yema de los dedos y luego el lóbulo de la oreja. Por primera vez, notó que Fern no llevaba pendientes, también se dio cuenta en ese momento de que nunca había visto a Fern adornada con joyas.

Sin embargo, los rizos de aquellos cabellos cobrizos eran más luminosos que el oro puro. Fern no necesitaba metales preciosos para realzar su belleza.

Una voz interior le advirtió del peligro.

–No puedo hacerlo –dijo Paul cuando una idea le cruzó la mente.

–Claro que puedes –murmuró ella–. Claro que puedes.

Sí, podía.

Lentamente, Paul bajó la cabeza y plantó un casto beso en los labios de Fern. Separó su boca de la de ella unos milímetros y sintió aquel cálido aliento acariciándole el rostro cuando Fern jadeó. Volvió a acariciarle los labios con los suyos, rindiéndose al deseo de saborearlos.

El aroma de ella le embriagó.

No quería hacer lo que estaba haciendo. Debía apartarse de Fern. No debía hacer lo que estaba haciendo.

Claro que debía. Sí, debía hacerlo.

Paul no tenía ni idea de si se lo había dicho Fern o lo había pensado él. No podía pensar.

Cerró los ojos, deseaba más... mucho más.

—Esto... es parte del secreto, ¿verdad? —murmuró Fern en tono vacilante—. Lo siento hasta en los huesos. Quiero que me acaricies. Quiero que me beses. Quiero tu piel en la mía.

Paul no se atrevió a decirle lo que él quería.

—Fern, tenemos que...

—Sssss. No digas nada, no pronuncies ni una sola palabra.

Entonces, Fern hizo algo completamente inesperado. Se puso de puntillas y pegó la boca a la suya. Le pasó la mano por el cabello y se apretó contra él. Le abrió los labios y se los acarició con la lengua.

A Paul le pareció la experiencia más erótica de su vida que una mujer tan inocente pudiera comportarse con tanta desinhibición.

Fern estaba pegada a él, y Paul temía que notara su erección. Quería separarse de ella, pero le resultaba imposible moverse. No podía pensar. No parecía poder hacer nada. Lo único de lo que era capaz era de sentir.

Fern le chupó los labios, se los mordisqueó y continuó acariciándoselos con la lengua. Paul no sabía el momento exacto en el que había perdido el control de la situación, había creído ser él quien estaba al mando; pero Fern se lo había arrebatado. No obstante, estaba más que dispuesto a que le derrotasen.

Fern le acarició un lado de la cara y luego el cuello con movimientos lentos e irresistibles. Paul deseaba aprovechar la ocasión, doblegarla, tomarla... poseerla. Pero se limitó a quedarse quieto, aceptando el placer que ella le estaba proporcionando.

El calor del cuerpo de Fern junto al suyo le quemó. Poniéndole una mano en la espalda, la atrajo hacia sí.

El beso de ella fue eléctrico. Como un rayo. Como un relámpago. Todo simultáneamente.

Fern apartó los labios de los de él para besarle la mandíbula, el lóbulo de la oreja, la garganta... Debía de ser el instinto lo que la guiaba. Paul sabía que Fern era demasiado inocente para saber el terremoto que estaba causando en él.

Algo instintivo en todo ser humano pareció impulsarla a bajar la mano. Fern empezó a acariciarle alrededor de la cinturilla de los pantalones. El vientre de él se tensó al momento cuando, despacio, Fern bajó la mano.

Paul contuvo la respiración y abrió mucho los ojos cuando se dio cuenta de adónde se dirigía la mano de ella. Con suavidad, le agarró la muñeca.

–Fern, espera.

–No puedo esperar más, Paul. Quiero el secreto y lo quiero ya.

Paul rezó una plegaria en silencio. Iba a necesitar un ejército de ángeles para que le liberasen de aquel inocente, a la vez que erótico, asalto.

Fern estaba enfadada con Paul. Y no le importaba haber pasado dos días de mal humor como si fuera una niña pequeña. Sabía que había estado muy cerca de descubrir el secreto.

Con el sol entrando por la ventana, se levantó de la cama, se estiró y bostezó.

De repente se quedó muy quieta. Estaba en su forma humana. Se había acostado como humana y se había despertado igual.

La mayoría de las noches, Fern volvía a su estado natural de hada y salía a volar por los campos. Pero desde el beso todo había cambiado. Todo era diferente.

Se pasaba los días y las noches pensando en los labios de Paul, en la dureza de su cuerpo junto al suyo. Por supuesto, no descuidaba a Katy, pero estaba deseando que llegara el momento en el que Paul salía del estudio por las tardes.

Y por las noches el recuerdo del beso la mantenía despierta en la cama, soñaba y fantaseaba con él. Y no se le ocurría pensar en transformarse en hada para ir por ahí a volar. Cuando se dormía, también soñaba con Paul.

Sin embargo, se despertaba frustrada. Quería el secreto. Sabía que los besos eran parte de él, pero quería lo demás. Lo quería todo.

Pero justo cuando había estado a punto de descubrirlo todo, Paul le había agarrado las muñecas y se había separado de ella.

Fern sabía que, más tarde o más temprano, tendría que volver a Sidhe. Pero el hecho de que tuviera que regresar no significaba que Paul no pudiera mandarla a casa con unos conocimientos más.

Cerrando los ojos, Fern pensó en la falda vaquera y en la camisa blanca de algodón que colgaban del armario. Sin embargo, cuando los abrió, vio que aún llevaba el camisón azul.

Apretó los párpados con fuerza y se concentró una vez más en la ropa. Al abrirlos de nuevo, vio que seguía igual.

Hasta ahora, se había puesto la ropa sólo pensando en ella; pero ese día no podía. Hacía días que no pensaba en transformarse en hada. ¿Qué le estaba pasando? ¿Estaba perdiendo los poderes mágicos?

El pánico la hizo sudar. ¿Qué haría si no pudiera volver a Sidhe, si nunca más pudiera volver a volar por encima de las copas de los árboles?

Se quedaría atrapada en el mundo humano, lejos de su querido Sidhe. Incapaz de regresar.

Aquellos pensamientos la hicieron recordar al hada de Central Park, la triste criatura que estaba perdida y sola. Un hada de verdad debía encontrar la forma de ayudar a otra hada en momentos de necesidad. Tenía que hacer algo. Tenía que encontrar al hada del parque y enterarse de qué le pasaba.

Katy gritó y Fern fue consciente de que empezaba un nuevo día.

Tenía mucho que hacer y mucho en que pensar. El hada del parque le preocupaba; pero antes de poder ayudarla, tenía que encontrar la manera de ayudarse a sí misma. Debía hablar con Paul. Y también debía encontrar tiempo a solas para concentrarse y ver si podía seguir transformándose en hada o si había perdido la habilidad de hacerlo.

–¡Mi Fluffy!

Cuando Paul entró por la puerta trasera con el gato en los brazos, el rostro de la niña se iluminó. Katy corrió a acariciar al animal.

–Escucha, cariño, tenemos que tener mucho cuidado con Fluffy durante unos días –advirtió Paul a su hija–. Todavía tiene que curarse de unas heridas, ¿lo has entendido?

Paul se agachó para que Katy pudiera acariciar el lomo de Fluffy.

Después de vestirse, tal y como se vestían los humanos, Fern fue a buscar a Paul para hablar con él. Quería decirle que debía pensar en encontrar una mujer con la que compartir su vida y que ella debía regresar a casa ya.

Sin embargo, cuando Fern acabó de vestir a Katy y de darle el desayuno, Paul ya se había encerrado en su estudio. Al mediodía, se había marchado a por el gato. Ella, por su parte, aunque encantada de que Fluffy se estuviera recuperando, se veía presa de una terrible preocupación. Cada vez que pensaba en la posibilidad de perder sus poderes para transformarse de nuevo en hada, el pánico se apoderaba de ella.

No podía poner a prueba sus poderes hasta no encontrarse completamente sola, y eso era imposible si Paul no se responsabilizaba completamente de Katy.

En ese momento el sol se estaba poniendo en el horizonte, no era posible que Paul quisiera encerrarse una vez más en su estudio.

–¿Es que no vas a darle la bienvenida a Fluffy? –le preguntó Paul.

–Sí, claro –respondió Fern conteniendo la angustia.

Una vez que se reunió con Paul y Katy, Fern vio que el gato tenía una pata escayolada.

–Pobrecito –dijo Fern acariciándole el lomo–. ¿Le duele?

–El veterinario me ha dicho que no. Además, no va a tener la escayola mucho tiempo. Sin embargo, tiene que descansar; tenemos que evitar que salte o intente correr.

Con expresión ausente, Paul acarició al gato detrás de las orejas.

–Tengo que llamar a Donny Roberts para decirle que ya tenemos al gato en casa –añadió Paul.

La miró y ella vio algo diferente en su expresión. Alivio. La tensión había desaparecido de su rostro.

Fern parpadeó mientras se preguntaba si no estaría imaginando cosas.

—Pareces preocupada —observó él.

El comentario la sorprendió.

—Bueno... le estoy dando vueltas en la cabeza a unos asuntos.

—¿Quieres que hablemos de ello? Podríamos charlar mientras preparo la cena.

—Sí, me gustaría hablar, pero antes... antes necesito tiempo para... —Fern se interrumpió, no podía explicarle la verdad—. He estado muy ocupada hoy y me gustaría darme un baño antes de cenar. ¿Te importaría estar al cuidado de Katy durante un rato? No tardaré mucho.

—Tómate el tiempo que quieras —Paul alargó la mano y acarició los cabellos de su hija—. Katy puede salir al jardín con Fluffy mientras yo preparo unas hamburguesas. Ya sé que tú no comes carne, pero...

Paul sonrió traviesamente y añadió:

—Yo necesito un poco de carne de vaca. De todos modos, no te preocupes, a ti te prepararé una buena ensalada —a Paul le brillaron los ojos—. Anda, ve a darte un baño. Pero quiero advertirte que yo también le he estado dando vueltas a una cosa en la cabeza últimamente... y quiero hablar de ello contigo.

Fern se quedó perpleja.

—¿En serio?

—Sí, en serio. Y ahora, venga, vete. Yo me encargaré de Katy, ya hablaremos más tarde. Nos sobra tiempo.

Pero, mientras Fern subía las escaleras, pensaba que el tiempo era precisamente lo que se le estaba acabando.

Una vez en la bañera, Fern decidió olvidarse de Katy, Fluffy y Paul. Quería vaciar su mente. Estaba decidida a quedarse allí dentro del agua hasta recuperar sus poderes mágicos. Estaba decidida a transformarse en hada. Necesitaba desesperadamente demostrarse a sí misma que podía hacerlo. Si lo conseguía, sería muy feliz. Si fallaba...

Fern suspiró. Si fallaba, al menos se habría dado un buen baño.

CAPÍTULO 8

RELAJÁNDOSE en la bañera, imágenes de Paul la asaltaron.
Pero Paul era el obstáculo para su transformación. Lo sabía. Paul la mantenía sujeta a la tierra. Si quería transformarse en hada, debía dejar de pensar en él.

Concentrándose, sus pensamientos volaron a Sidhe, el maravilloso mundo del que procedía. Pensó en las verdes colinas ondulantes que acababan en el mar. Pensó en sus amigos e, inmediatamente, sus labios esbozaron una sonrisa.

Una poderosa corriente brilló en torno a su cuerpo. El vello de los brazos se le erizó y se sintió más liviana que el aire. Mientras el cuerpo se le contraía, miles de finos tentáculos la levantaron con sus dedos invisibles.

Las alas afloraron y, al instante, comenzaron a agitarse. Y cuando abrió los ojos, estaba encima del agua.

Lo primero que sintió fue un inmenso alivio. No había perdido sus poderes. No le había resultado fácil transformarse en hada, pero había conseguido la metamorfosis.

Con alegría, echó la cabeza hacia atrás y se rió.
—¡Fern!
El grito de Paul y los golpes en la puerta le dieron un susto de muerte. En un abrir y cerrar de ojos, era un ser humano otra vez. Cayó en la bañera salpicando agua. Sintió un fuerte dolor en los codos y en las rodillas debido al golpe.

—¿Te pasa algo? —gritó Paul desde el otro lado de la puerta—. ¿Te has caído? ¡Abre la puerta!

Paul trató de girar el picaporte y Fern se asustó. Se arrodilló en la bañera y agarró una toalla.

—No, no me pasa nada —respondió Fern.

De repente, se le ocurrió que, en su estado de hada, nunca le había dado vergüenza estar desnuda delante de nadie. Ser humano conllevaba muchas inhibiciones.

—¿Qué pasa? —preguntó Fern mientras salía de la bañera secándose con la toalla—. ¿Ha ocurrido algo?

—Katy no está.

La angustia le heló la sangre.

—¿Que Katy no está?

—La he dejado sola un momento en el jardín para ir a por la paleta a la cocina para preparar las hamburguesas en la barbacoa y cuando he vuelto no estaban ni ella ni Fluffy. Les he llamado y les he buscado, pero nada. Te necesito.

Fern no habría imaginado nunca que dos simples palabras pudieran afectarle tanto. Se le contrajo el pecho con una emoción desconocida.

Después de atarse la toalla al cuerpo, abrió la puerta.

—Voy a vestirme corriendo —le dijo ella—. Enseguida voy a ayudarte a buscarla. No puede haber ido muy lejos.

Paul tenía una expresión angustiada.

—De acuerdo, pero date prisa —respondió él—. Entretanto, voy a ir a los establos de la parte de atrás. Puede haber ido a cualquier parte y podría hacerse daño. Ahí afuera...

—Para —le ordenó Fern—. Katy está bien, lo sé. Se ha ido a correr una aventura con Fluffy, eso es todo. Ahora mismo voy.

Al cabo de unos minutos, Fern estaba buscando a la niña en uno de los cobertizos de la propiedad de Paul. No podía creer que Katy se hubiera metido en un lugar tan oscuro por voluntad propia; sin embargo, podría estar siguiendo a su gato. Katy adoraba a ese animal.

De repente, Fern oyó un débil maullido fuera del cobertizo, en la parte de atrás.

Fern salió del cobertizo y gritó:

—¡Paul! ¡He oído a Fluffy! —rápidamente, Fern fue a investigar.

Cuando dio la vuelta a la esquina del cobertizo, el miedo le secó la garganta.

No sabía cómo, pero Katy se había subido a un carro de paja que estaba en una leve pendiente. Era evidente que la niña iba detrás del gato, que se encontraba subido en la madera posterior del carro. Le resultó casi imposible creer que el animal, con una pata escayolada, pudiera haber saltado hasta allí. Con cada paso vacilante que Katy daba, la carreta se movía. No sería muy difícil que el carro echase a rodar cuesta abajo.

—¡Cielos! —susurró Fern aterrada.

Un sudor frío le bañó la frente.

—Katy... cielo... no te muevas —dijo Fern con voz suave mientras se acercaba al carro.

La niña se rió.

—¡Fun!

—Katy, cariño, no te muevas. Espera a que vaya a jugar contigo. Pero quiero que te sientes y te quedes muy quieta.

Cuando Fern llegó hasta el carro, Fluffy saltó al suelo y empezó a andar cojeando. Sin embargo, el salto del gato había sido suficiente para poner el carro en movimiento; al principio, despacio, pero ganando ímpetu.

El mismo terror que hizo abrir los ojos a Katy desorbitadamente, encendió un fuego dentro de Fern. Echó a correr tras el carro para colocarse delante y pararlo; no sabía cómo, pero iba a evitar que la niña sufriera daño alguno.

—¡Fern! —gritó Paul a sus espaldas.

«¡No mires atrás!», se dijo Fern a sí misma. Sabía que, si volvía la cabeza, Katy y ella pagarían caro las consecuencias.

Tenía que salvar a Katy.

Fern alargó la mano para parar el carro, lo que lanzó a Katy hacia delante. Con la mano libre, agarró a la niña por la cintura.

Fern se quedó muy quieta, con una mano sujetando el carro y con la otra a la niña. Le dolían los músculos del peso que estaba soportando.

Entonces, con un rápido movimiento, Fern empujó el carro hacia un lado y salió corriendo con Katy encima en dirección opuesta. Milagrosamente, Katy y ella se mantuvieron en pie mientras el carro caía por la cuesta.

–Fern... –la expresión de Paul mostraba terror–. Podrías haber muerto.

Paul llegó hasta ella y, automáticamente, le quitó a su hija de las manos y la abrazó. Sin embargo, no dejó de mirarla.

–Le has salvado la vida a Katy –dijo Paul con la voz enronquecida por la emoción–. Has arriesgado tu vida para salvar la de mi hija.

Paul miró debajo de la cuesta, donde estaba el carro, y añadió:

–No sé cómo has podido pararlo. Ese carro debe de pesar unos ciento cincuenta kilos.

A Fern empezaron a temblarle las piernas. Se sentó en la hierba y miró cuesta abajo.

–No lo sé, Paul –admitió ella–. La verdad es que no sé cómo lo he hecho.

Fern sabía lo que tenía que hacer. No podía evitar lo inevitable.

Encontró a Paul en la cocina preparándose una limonada. Paul había pasado un buen rato calmando a Katy. En ese instante, la niña estaba durmiendo en su cuarto.

Fern sabía que había llegado el momento de hablar.

—¿Quieres limonada? —le preguntó él al verla entrar—. Podríamos salir al jardín a tomar la limonada, hace una noche preciosa.

—Sí, está bien.

Paul agarró otro vaso y lo llenó de limonada.

En el jardín, a Fern no le pasó desapercibido que Paul se sentara en el banco con ella, no en el sillón del jardín que había al lado.

Fern bebió, dejó el vaso en la mesa y miró a Paul.

—Me cuesta mucho decírtelo, Paul, pero tengo que volver a casa —anunció Fern.

Paul se quedó atónito.

—No, Fern. Apenas llevas aquí dos semanas —Paul volvió la cabeza un momento antes de mirarla de nuevo—. La verdad es que no esperaba una cosa así. Bueno, sabía que algún día volverías a Irlanda, pero no imaginaba que quisieras hacerlo tan pronto.

—Yo sólo he venido aquí para ayudarte —le informó ella.

—Y eso es exactamente lo que has hecho —respondió él.

Paul le agarró una mano y, al instante, el contacto le causó un cosquilleo en toda la piel.

—Mi hija está feliz contigo —dijo él—. Ha aprendido más palabras, se comunica mejor. Yo sé que no soy un mal padre, adoro a mi hija y trato de cuidarla lo mejor posible; sin embargo, Katy parece haber aprendido más y con más rapidez desde que tú estás aquí.

Fern sacudió la cabeza.

—No, no, eso no es por mí. Los niños son muy curiosos y ella ha conseguido lo que ha conseguido por sí misma.

Fern se dio cuenta, por la expresión de él, de que Paul no la creía.

—También me has ayudado a mí —continuó Paul—. Has despertado mi imaginación con esas maravillosas fábulas irlandesas. De eso quería hablarte precisamente.

Sí, Fern sabía que le había ayudado a encontrar a su musa una vez más y eso le hacía feliz.

—Me has ayudado a ser mejor padre —prosiguió Paul—. Antes de que tú llegaras, por supuesto la cuidaba, la alimentaba y todo eso; pero lo hacía como una tarea rutinaria, sin disfrutar de ello como debía. Pero ahora veo lo maravilloso que es estar con mi hija, disfruto de cada segundo que paso con ella. Y la veo como a una persona, con sus propios gustos y opiniones; a pesar de ser tan pequeña.

A Fern se le hizo un nudo en la garganta.

La mirada de Paul cobró una nueva intensidad.

—También me has ayudado como hombre, Fern. Tú... has despertado algo en mí —la incertidumbre le hizo titubear. Era como si tuviera que esforzarse para encontrar las palabras adecuadas—. Has reavivado en mí algo que estaba dormido desde hace mucho tiempo.

Paul se humedeció los labios con la lengua y tragó saliva.

–Quería convencerme a mí mismo, y a los demás, de que había superado la muerte de Maire. Pero ahora me doy cuenta de que estaba equivocado. Tenerte aquí en casa... ha liberado algo en mí. Se ha encendido una llama. Tú... tú...

Paul se interrumpió. Después, inesperadamente, lanzó una ligera carcajada.

–Nunca antes me había costado expresarme, Fern. Ahora, sin embargo, no sé cómo decir lo que siento.

La voz de Paul era un suave y grave murmullo.

–Me has obligado a sentir cosas nuevas, Fern –admitió Paul–. Me has obligado a enfrentarme a cosas a las que no quería enfrentarme.

Fern notó algo extraño, algo nuevo. Una sensación en la piel. Un hormigueo en las piernas. Era como si algo salido de la tierra la estuviera agarrando, dejándola clavada en el sitio. La sensación era tan tangible, tan corporal, que llegó a mirarse a los pies.

Pero no vio nada.

Cuando alzó los ojos hacia Paul, la emoción que había visto en ellos se había suavizado.

–Me alegro de haberte conocido –susurró Paul inclinándose hacia ella–. Me alegro de que hayas venido a estar con Katy y conmigo. Me alegro de que nos hayas ayudado... Me alegro de que me hayas ayudado, Fern. No sabes cuánto me alegro.

Ella se sintió hipnotizada por esos ojos castaños, aquel hermoso rostro y la maravillosa voz aterciopelada.

Paul le acarició la muñeca.

—Es como si hubiera estado sumergido en una profunda oscuridad y, de repente, tú lo hubieras iluminado todo.

Inclinándose sobre ella, Paul la besó en los labios con dulzura. Fern cerró los ojos y aspiró el aroma de Paul. Las sensaciones de un beso eran algo que jamás olvidaría de vuelta en su mundo.

Cuando Paul la besaba, sentía una necesidad que no hacía más que aumentar.

Él profundizó el beso, penetrándole la boca con la lengua. Y Fern sintió algo distinto, algo sumamente potente que no sabía identificar.

La mano de Paul le cubrió un seno y el calor la quemó. Fern temió no poder contener el profundo deseo que sentía.

—El secreto —murmuró ella junto a los labios de Paul—. ¿Has cambiado de parecer? ¿Has decidido enseñármelo?

Paul le acarició la sien con la punta de la nariz, a Fern le pareció que iba a derretirse.

—Oh, Fern, no puedes imaginar cuánto me ha costado contenerme. Creía que necesitabas a otro hombre, un hombre para el que también fuera... la primera vez. Pero me has cambiado, no puedo dejarte marchar. Ni ahora ni nunca.

Esa extraña sensación que había sentido en los

tobillos y las piernas le subió hasta la cintura. Era algo tan fuerte que le hizo fruncir el ceño.

Los tentáculos ya no le parecían suaves. Se habían tornado más fríos y sólidos, eran como... cadenas.

El pánico le hizo abrir mucho los ojos. Fern apoyó las palmas de las manos en el pecho de Paul y lo empujó para liberarse. Se puso en pie y se apartó de las cadenas invisibles que casi la habían atado a aquel mundo.

—¡Yo no pertenezco a este lugar, Paul! —exclamó ella con profunda emoción—. Tengo que volver a Sidhe. ¡Tengo que marcharme inmediatamente!

Él pareció perplejo.

—Pero... ¿cómo es posible que quieras marcharte tan pronto? No quiero que te vayas, Fern. Katy te necesita. Yo te necesito —la voz de Paul se suavizó—. Te deseo.

Los tentáculos avanzaron hacia ella. Fern no podía verlos, pero sí sentirlos. Se le estaban acercando. Tenía que reaccionar inmediatamente.

Sin pararse a pensar, declaró:

—¡Soy un hada, Paul! No pertenezco a este mundo.

Se hizo un tenso silencio. Al principio, Paul pareció confuso; después, sus ojos se llenaron de humor.

—Lo que tú digas, Campanilla —bromeó Paul al tiempo que daba unas palmadas en el asiento que ella acababa de dejar vacío—. Venga, vuelve a sentarte. Vamos a sacudirte los polvos mágicos.

¡Paul creía que era una broma!

Entonces, el sentido común le dijo que Paul no podía pensar otra cosa. Él no creía en las hadas.

Paul jamás lo comprendería. Ella no conseguiría que la creyera. ¿Cómo se le había ocurrido decírselo?

Lo había hecho sin pensar, ése era el problema.

Bueno, quizá no fuera el camino más sensato ni el más fácil, pero estaba decidida a continuar. Que la dejara marchar porque la creyera o porque la considerase una loca era irrelevante, la cuestión era regresar a Sidhe.

—No me estoy riendo de ti, Paul. Lo digo completamente en serio, soy un hada. Un hada de Sidhe. No pertenezco al mundo de los mortales —Fern apoyó un puño en la cadera—. He dejado que creyeras que Sidhe era un pueblo, pero no lo es. Es un reino, un reino mágico. Es un mundo encantado habitado por criaturas mágicas como los enanos, los gnomos, los elfos, los duendes... demasiados para nombrarlos a todos.

La sonrisa de él no desapareció mientras oía aquella explicación.

—Está bien, demuéstramelo —dijo él con incredulidad.

Fern se sintió frustrada.

—No puedo. En primer lugar, no puedo transformarme en hada si un humano me está mirando...

—Cerraré los ojos —la interrumpió él.

—¡Paul! Aunque pudiera transformarme aquí y

ahora, no podrías verme. Los que no creen no pueden ver a los seres de Sidhe.

—Muy conveniente.

Fern empezaba a enfadarse.

—Escucha, no tienes por qué creerme, pero yo no tengo por qué humillarme.

Eso acabó con la sonrisa de Paul.

—Estás hablando en serio, no puedo creerlo.

Fern se limitó a mirarlo.

Paul levantó las cejas.

—¿En serio esperas que me crea esa ridícula historia? He oído muchas cosas extrañas en mi vida, Fern, pero ninguna que se pueda comparar a lo que me acabas de decir.

Pero Fern notó vacilación en su voz. Sabía que Paul estaba esperando que ella acabara echándose a reír y le dijera que sólo le estaba tomando el pelo. Pero no tenía intención de hacerlo. Le estaba diciendo la verdad. Si no podía creerla, era su problema.

En ese mismo momento, sintió tristeza en el aire. Ladeó la cabeza y prestó atención a lo que la rodeaba, pero aquella desolación no era audible. No podía oírlo y no podía verlo, pero sí sentirlo.

—Oh, Paul —dijo Fern con los ojos llenos de lágrimas—. Tengo que... ayudarla.

Los ojos de Paul se ensombrecieron de preocupación.

—¿A Katy? No la he oído llorar.

Fern sacudió la cabeza.

—No, a Katy no, a otra hada. Un hada como yo.

Bueno, no como yo porque ella está en su forma de hada. Está perdida. Sé que le pasa algo y que necesita ayuda.

−¿Qué estás diciendo?

Paul ahora sí parecía preocupado.

−Hay un hada en Central Park. Cuando fuimos allí el otro día a almorzar, no conseguí verla. Estaba escondida entre los árboles, pero sentí su presencia. La oí llorar. ¿Podrías llevarme allí?

−¿Que quieres ir a Central Park ahora? ¿De noche?

La mirada que Fern le lanzó dejó muy claro lo que quería.

−No, de ninguna manera −dijo Paul−. Es peligroso, Fern.

Paul sacudió la cabeza como si no pudiera dar crédito a la conversación que estaban teniendo.

−Fern, esto es una locura.

−Tengo que ir al parque −insistió ella.

Paul se puso en pie y alzó las manos.

−Está bien, Fern, vamos a calmarnos −fue hasta ella y la agarró de las muñecas−. Me parece que ya sé lo que está pasando. Tienes miedo, ¿verdad? Me has dicho que nunca... que eres virgen y, tal y como iban las cosas, te has asustado. Comprendo que quieras parar, Fern. Pero, cielo, por favor, no es necesario que inventes esas cosas con el fin de...

Fern le apartó las manos.

−¡No me estoy inventando nada!

De repente, Paul echó chispas por los ojos.

−¡Pues te aseguro que no estoy dispuesto a

creerme que eres una princesa del mundo de las hadas!

Fern empequeñeció los ojos.

–¡Eres un tonto! Yo jamás he dicho que fuera una princesa. ¡Y no me importa que me creas o no!

Fern se dio media vuelta y se encaminó hacia la puerta de la casa, dejándolo solo en el jardín.

CAPÍTULO 9

No le costó nada transformarse en hada. Sospechaba que se debía al hecho de estar más que enfadada con Paul. No era necesario que la creyera, pero no tenía derecho a ridiculizarla.

En ese momento, lo más importante era el hada del parque. La sensación de tristeza era sumamente intensa. Esa pobre hada estaba desesperada por algún motivo, y ella tenía la firme intención de averiguarlo. Ya que Paul no estaba dispuesto a llevarla, iba a ir ella sola.

Fern salió volando por la ventana y se dirigió hacia las luces de la ciudad. A pesar de que brillaban a lo lejos, estaba decidida a llegar como fuera.

Unas horas más tarde, después de varios descansos durante el camino, se encontró a las puertas de la ciudad de Nueva York. Aunque no estaba en el centro, había mucha actividad. Coches, camiones, autobuses y taxis amarillos rodaban por las calles. Había gente por todas partes, yendo y viniendo por las aceras.

Fern ascendió en su vuelo y descubrió un enorme rectángulo oscuro, sabía que era el parque.

Sin embargo, era más grande de lo que había pensado. ¿Cómo iba a encontrar al hada allí?

Aguzó el oído con la esperanza de oír, o de sentir más bien, la tristeza del hada. Pero ni vio ni sintió nada.

Voló en línea recta y empezó a buscar guiándose de la lógica. Al cabo de un tiempo vio un suave brillo, pero pronto se dio cuenta de que era un chico fumando un cigarrillo.

Por fin, Fern vio al hada entre los árboles. Acelerando en su vuelo, la alcanzó.

–¡Eh, hola! –gritó Fern.

Al hada le sorprendió tanto su aparición que, momentáneamente, dejó de aletear, se cayó y acabó enredada en las ramas de un arbusto en flor.

Alarmada, Fern fue a ayudarla a salir de allí.

–¿Estás bien? –le preguntó Fern.

El hada, de pelo negro azabache y ojos azules, era preciosa. Fern sonrió contenta mientras el hada la contemplaba en silencio un momento.

Después, con timidez, el hada la tocó.

–Soy tan real como tú –le aseguró Fern.

El rostro del hada se iluminó de felicidad. Aleteando, se elevó por los aires y luego se lanzó a Fern para abrazarla. Ambas revolotearon felices un rato.

Una vez que se separaron, se sentaron en unas piedras y Fern se presentó.

–Y yo soy Gillie –dijo el otro hada–. No puedes imaginar lo contenta que estoy de verte. Me resulta muy difícil creer que ya no estoy sola.

—Siento no haber podido venir antes —confesó Fern.

—¿Antes? —preguntó Gillie confusa.

—No hace mucho estuve en este parque. Estaba almorzando y te oí llorar.

—¿En serio? Pues yo no te vi. No... espera, me parece recordar haber oído a un humano llamándome...

Gillie se interrumpió y abrió mucho los ojos.

Fern asintió sintiéndose culpable.

—Sí, era yo. Ya sé que he roto las reglas.

—No te preocupes, no se lo diré a nadie —contestó Gillie bajando los hombros—. ¿A quién iba a decírselo si estoy aquí completamente sola? Además, yo también he roto las reglas. Y mira, ahora estoy pagándolo.

—¿Tú también te transformaste? —preguntó Fern casi con reverencia.

Saber que otra hada había cometido el mismo error que ella la hacía sentirse menos sola.

Gillie asintió con una triste sonrisa.

—Tú lo hiciste por un hombre, ¿verdad? Yo también. Pero al menos no hemos perdido del todo el sentido común.

Al recordar lo cerca que había estado de verse sometida a ser un ser mortal para siempre, Fern dijo:

—Al principio creía que lo había hecho por una niña, Katy, a la que había tomado mucho cariño. Los niños siempre han sido mi punto débil. Pero luego me di cuenta de que no era por la niña, sino por su padre. Se llama Paul. Él ha sido quien me ha hecho transformarme.

Gillie frunció el ceño.

—¿Qué quieres decir con eso de que ha hecho que te transformaras? ¿No te transformaste tú sola?

Fern se encogió de hombros.

—La primera vez no me hice humana conscientemente, si es eso a lo que te refieres. Fue un accidente. La niña me agarró justo cuando su padre la estaba tomando en brazos para llevársela. Me quedé atrapada en la manga de Katy y no conseguí salir hasta que estuve en el avión. Pero... —Fern sacudió la cabeza—. No me convertí en humana intencionadamente la primera vez, ocurrió cuando estaba pensando en cómo ayudar a Paul y a Katy.

—¿En un avión? ¿Has venido en una de esas cosas plateadas que vuelan? —Gillie abrió los ojos desorbitadamente—. Sabía que no estaba en Sidhe, pero no tenía ni idea de dónde estaba.

A Gillie le tembló la barbilla de repente. Fern se dio cuenta de que el hada estaba traumatizada por sentirse tan sola y perdida.

—¿Y tú, Gillie, cómo viniste aquí? —preguntó Fern con voz suave—. Dime qué te ocurrió.

—Llevaba toda la vida enamorada de Kennon O'Brian —susurró Gillie—. Tiene el pelo rojo como los rayos del sol poniente, y los ojos... ¡Oh, Fern, son tan azules como el mar, te lo juro!

Una súbita angustia pareció envolverla.

—Al ser hada, no sabía que existía —continuó Gillie–. Le oí empezar a hablar de irse a buscar fortuna. Iba a marcharse de Irlanda. ¡Iba a abandonarme! Sin pensarlo siquiera, me metí en su maleta la noche antes de que se marchara, cuando estaba metiendo las cosas. No sabía dónde acabaría, lo único que sabía era que quería estar con él.

A Fern se le encogió el corazón.

–Creí que no iba a resistir el viaje –prosiguió Gillie–. Me parecía que llevaba en la maleta toda la vida. Tenía frío, hambre y estaba encogida. Todo se movía y había un ruido horrible. Estaba muy asustada.

La descripción de Gillie del viaje en avión le hizo a Fern recordar el suyo.

–Por fin, Kennon abrió la maleta y me vi libre –Gillie se mordió el labio inferior–. Siempre me habían dicho que transformarse en humano era malo.

Fern asintió.

–Fue el amor lo que me impulsó a hacerlo, Fern. Pero ni siquiera de ser humano Kennon me hizo caso. Me vine abajo cuando...

Gillie, sobrecogida por la emoción, se interrumpió. Por fin, suspiró pesadamente y añadió:

–Fern, tienes que darte cuenta de que no es Paul quien hace que puedas transformarte, sino lo que sientes por él. Cuanto más sientes, peor puedes controlar tu magia.

Las dos hadas compartieron un momento de horror en silencio.

–Tengo la sospecha de que llega el momento en

el que los sentimientos son tan fuertes que una llega a perder por completo el poder de transformarse en hada de nuevo –dijo Gillie en voz baja.

¿Que procedía de ella misma el poder que la hacía transformarse? Fern se maravilló de ello. Se había equivocado, no era Paul quien le permitía la transformación, sino lo que ella sentía por él.

Fern recordó los tentáculos que aquella noche casi la habían encadenado al mundo de los mortales. No había sido Paul, sino la creciente intensidad de sus sentimientos hacia él lo que había estado a punto de hacerla prisionera. ¿Estaba enamorada de él? El miedo se le agarró al estómago.

Sintiendo su angustia, Gillie le preguntó:

–¿Qué ha habido entre los dos? No le has besado, ¿verdad?

Tras una breve vacilación, Fern asintió temerosamente.

–Oh, no. ¿Le has dicho lo que sientes por él?

–No, no he ido tan lejos.

–¿Le amas, Fern?

A Fern le dio miedo contestar, por lo que preguntó a su vez:

–Me has dicho que estabas enamorada de Kennon, pero has podido volver a transformarte.

–Kennon se burló de mí –respondió Gillie–. Estaba furiosa con él y me marché.

Fern recordó lo fácil que le había resultado transformarse en hada aquella noche después de que Paul se negara a creerla.

–No sabía dónde estaba, pero salí volando y encontré este sitio. Me pareció verde y bonito –le contó Gillie.

Fern sintió la tristeza que se apoderó de Gillie en aquel momento.

Gillie bajó la cabeza.

–Pero no es Sidhe. Ni siquiera es Irlanda. He recorrido todo el parque y no hay ninguna otra hada.

–Estás en América –le informó Fern.

Gillie agrandó los ojos de asombro.

–¿Que he cruzado el océano? –Gillie suspiró–. ¿Cómo voy a volver a casa?

–No te preocupes –le dijo Fern con una sonrisa–, voy a ayudarte. Voy a conseguir que las dos volvamos a Sidhe sanas y salvas. De eso puedes estar completamente segura.

Paul le estaba acariciando los brazos. Sus suaves caricias continuaron descendiendo por las caderas y los muslos. Fern suspiró de éxtasis y se volvió hasta quedar tumbada boca arriba. Él estaba encima de ella, besándole el cuello. Entonces, Paul bajó la cabeza y atrapó uno de los pezones con los dientes. Ella gimió de deseo.

Paul le estaba dando en el pie, cosa que le pareció contradictoria con las otras caricias. Algo cálido y cosquilleante en el tobillo la hizo despertar.

Fern abrió los ojos y vio... ¿un caballo?

La hermosa bestia le estaba dando con el hocico en la zapatilla de seda, su aliento le calentaba la piel.

Fern apartó la pierna bruscamente y se incorporó hasta quedar sentada en el suelo.

Fue entonces cuando vio a un policía montado en el caballo.

—No debería dormirse en el parque, es peligroso —dijo el policía con voz firme—. Además, está prohibido.

Entonces Fern se dio cuenta de que estaba en su forma humana. Soñar con Paul la había hecho transformarse otra vez.

La noche anterior, Gillie y ella habían estado charlando hasta caerse de sueño y, al final, se habían echado a dormir sobre el musgo a los pies de un árbol.

Al recordar a Gillie, Fern la buscó con la mirada; pero el hada no estaba allí. Se quedó preocupada, pero no podía hacer nada en ese momento.

—¿Le ocurre algo? —le preguntó el policía—. Parece un poco confusa.

—No, no me pasa nada —Fern sacudió la cabeza con vehemencia—. Muchas gracias, pero estoy bien.

—Usted no es americana, ¿verdad? ¿Está visitando a alguien? ¿Está perdida? ¿Cómo se llama?

—Le agradezco el interés, pero le aseguro que estoy bien.

Aunque Fern sabía que, como ser humano, no encontraría la manera de regresar a la casa de Paul. No tenía dinero, ni la dirección ni nada. En fin, ya se le ocurriría algo.

Fern se puso en pie y se sacudió el vestido para quitarse las briznas de hierba.

El policía desmontó.

—No estoy seguro de eso, señorita. Va a tener que permitirme que la ayude.

—Estoy bien...

El policía la agarró de un brazo.

—No me queda más remedio que insistir.

—Gillie —dijo Fern, asustada de repente—. Creo que me he metido en un lío, no te separes de mí.

—No voy a separarme de usted, señorita; y, por favor, no tenga miedo —respondió el policía—. Pero no me llamo Gillie, me llamo Max. Soy el oficial de policía Max Harrison. Lo mejor es que vayamos a la comisaría para aclarar este asunto.

Al poco tiempo, Fern se encontró sentada en un duro y estrecho banco en la comisaría. A poca distancia, en otro banco, había un hombre con esposas de aspecto duro. El hombre, que olía a alcohol, no dejaba de mirarla y, hasta en una ocasión, le guiñó un ojo. Ella le ignoró.

Fern miró a su alrededor en busca de algún rincón solitario donde esconderse y poder transformarse en hada con el fin de salir de allí volando a toda prisa. De esa manera, estaba segura de encontrar la casa de Paul, las hadas tenían un gran sentido de la orientación.

—¿Oficial Harrison? —dijo Fern alzando la voz—. ¿Podría ir al servicio?

El policía le indicó la dirección y ella la siguió. En un cubículo de los baños de señoras, Fern cerró los ojos y se concentró. Transcurrieron unos minutos, pero nada. En aquel lugar había demasiado ruido para poder concentrarse.

Un golpe en la puerta la sobresaltó.

—¿Le pasa algo? —preguntó el oficial Harrison desde el otro lado de la puerta.

—Ahora mismo salgo —respondió ella.

Con un suspiro de frustración, Fern se dio cuenta de que no tenía más remedio que darse por vencida.

Sin embargo, antes de salir, Fern susurró:

—Gillie, ¿estás aquí?

No pudo ver al hada, cosa que le preocupó mucho. Ella creía, ella era hada. En ese momento vio una especie de luz que le dijo que Gillie estaba allí.

—No te preocupes, conseguiré que salgamos de ésta —le aseguró Fern—. Te lo prometo.

Cuando salió del baño, el policía la estaba esperando en el pasillo.

—Bien, ha llegado el momento de que conteste a algunas preguntas —anunció el oficial Harrison.

Fern asintió con resignación y le siguió hasta su escritorio. Confesó que estaba de visita en América y que era de Irlanda; después, le dio al policía el nombre de Paul y le dijo que estaba trabajando como niñera de su hija. No obstante, cuando el policía le pidió la dirección y el número de teléfono, no pudo contestarle.

El oficial Harrison le lanzó una mirada de sospecha.

—Es natural que no sepa el número de teléfono,

¿para qué voy a querer llamar a la casa en la que estoy viviendo? –dijo Fern–. Y no llevo el tiempo suficiente para haberme aprendido de memoria la dirección.

A ella la excusa le pareció razonable.

El teléfono de Paul no estaba en la guía; pero, por suerte, uno de los policías sacó una de las novelas de Paul del cajón de su escritorio. El oficial Harrison llamó a la editorial. En la editorial se negaron a dar el teléfono de la casa de Paul, pero la secretaria que contestó la llamada dio al policía el número de teléfono del agente de Paul. Harrison colgó y llamó al teléfono que le habían dado.

Por fin, colgó y dijo:

–Bueno, ahora a esperar –miró a Fern fijamente–. El agente de Paul Roland me ha dicho que no sabe nada de que el señor Roland haya contratado a una niñera, pero va a llamarle para ver si lo confirma. Si es verdad lo que usted me ha contado, alguien aparecerá por aquí pronto.

–Paul vendrá, no le quepa duda –Fern estaba segura de ello.

Paul dio varias vueltas a la manzana hasta encontrar un espacio donde aparcar el coche. Después, sacó a Katy.

–Vamos a por Fern, cielo –dijo Paul con la niña en los brazos.

Los oscuros ojos de Katy se iluminaron.

Dentro de la comisaría de policía, Paul vio a

Fern casi al momento de entrar. Inmediatamente, se sintió sobrecogido de emoción. Un inmenso alivio le invadió. Pero, al mismo tiempo, no comprendía por qué Fern se había marchado aquella mañana de la casa sin decirle nada.

Le dijo quién era al oficial Harrison y le estrechó la mano. Cuando el policía le preguntó si conocía a Fern, él respondió afirmativamente y confirmó que Fern era la niñera de Katy. Después, se volvió a Fern.

–Te habría traído yo mismo al parque, Fern –le dijo–. Lo único que tenías que hacer era pedírmelo.

–Te lo pedí –observó ella–. Y tú respondiste que no.

–Eso te lo dije anoche –le recordó él–. Y también te expliqué por qué.

–Señor Roland, cuando la desperté esta mañana, le dije que era peligroso dormir en el parque –comentó el policía.

–¿Que ha pasado la noche en el parque? Pero... –Paul no podía dar crédito a lo que estaba oyendo–. ¿Has dormido en Central Park?

Paul casi gritó la pregunta, lo que atrajo la atención de los que estaban allí cerca, pero su actitud pareció enfadar a Fern. La vio enderezar los hombros, apretar los labios y cruzarse de brazos.

–¿Cuándo te marchaste de casa? –preguntó Paul en tono acusatorio–. ¿Y cómo demonios viniste a la ciudad?

Las perfectas cejas de Fern se arquearon.

—Ya te he explicado que soy un hada. Volé.

Paul parpadeó y el calor le subió a las mejillas. Lanzó una rápida mirada al policía, que parecía tener dudas sobre si echarse a reír o empezar a preocuparse seriamente respecto al estado mental de Fern.

El policía le miró y murmuró:

—Ha dado muestras de cierta... confusión.

Fern se volvió al policía.

—¡Le aseguro que de confusión nada! —dijo Fern dirigiendo su ira al policía.

Ignorándola, el policía se dirigió a Paul.

—Antes me llamó Gillie.

—¡No estaba hablándole a usted, pesado! —Fern alzó la barbilla y miró a Paul—. Ya te comenté que tenía que encontrar a la otra hada que estaba en el parque. Por eso vine a la ciudad. Y la he encontrado y se llama Gillie.

El policía sacudió la cabeza y miró a Paul con el ceño fruncido.

—Señor Roland, estaba sola cuando la encontré. No había ninguna Gillie por allí.

—¡Porque usted no puede verla, tontaina! ¡Usted es humano!

El policía lanzó a Fern una aguda mirada, pero no perdió la compostura.

—Sí, señorita, soy un ser humano que en estos momentos está algo preocupado. Y, si no le importa, no vuelva a insultarme.

Temiendo por Fern, Paul sugirió con calma.

—Fern, ¿por qué no hablamos de esto cuando

lleguemos a casa? –entonces, se dirigió al policía–. ¿Hay algún motivo por el que necesiten retenerla aquí? ¿Tiene intención de acusarla de algo? De lo contrario, me gustaría llevarla a casa.

Paul quería sacar de allí a Fern a toda prisa, antes de que ella pudiera crear un problema del que él no fuera capaz de sacarla.

–No –respondió el oficial Harrison–. No tengo motivo para retenerla en la comisaría. Al principio pensé que era... una profesional, usted ya me entiende. Pero, al fijarme, me di cuenta de que no podía ser. Más bien me pareció alguien que necesitaba ayuda. Y cuando empezó a hablar... en fin, me pareció algo ida.

El policía se interrumpió un segundo, antes de añadir:

–Por eso la he traído a la comisaría.

–Le agradezco la ayuda –dijo Paul–. Muchas gracias por localizarme, ya sé que ha debido de costarle bastante tiempo hacerlo y que debe de tener muchas otras cosas que hacer.

–Vaya, ahora estás intentando hacerme sentir culpable por robarle el tiempo a este hombre –murmuró Fern–. Le he dicho que estaba bien y que no necesitaba su ayuda.

Paul le lanzó una mirada de advertencia.

–Será mejor que te calles, Fern. Nos vamos. Ya hablaremos en casa.

De repente, una peligrosa obstinación pareció haberse apoderado de ella.

–No sé si quiero ir contigo.

Paul, mirándola, esperó a que considerase las posibilidades que tenía. Sabía que eran pocas.

Tras lanzar un suspiro, Fern enderezó los hombros y echó a andar hacia la puerta.

Paul se despidió del policía y la siguió.

No quiso hablar hasta no dejar atrás la ciudad, no se fiaba de lo que pudiera decir. Al tomar la salida que llevaba a la zona donde él vivía, Paul dijo:

–Fern, espero que te des cuenta de lo peligroso que ha sido lo que has hecho. La ciudad está llena de ladrones y maleantes de todo tipo.

–¿Cuántas veces tengo que decírtelo? No he corrido peligro en ningún momento. Salí de tu casa en mi estado de hada y volé. Los humanos no pueden hacernos daño, los no creyentes no pueden vernos.

Paul apretó los dientes hasta sentir dolor en la mandíbula. ¿Hasta cuándo iba a seguir Fern con esa farsa?

Fern, mirando por la ventanilla, añadió en tono más tranquilo.

–Pero estoy preocupada. Creía que la gente que cree en nosotros sí podía vernos; sin embargo, cuando estoy en forma humana, no puedo ver a Gillie. La siento, casi veo su brillo, pero no puedo verla realmente.

La irritación le hizo contestar:

–Así que Gillie está con nosotros, ¿verdad? ¿En el coche?

–Naturalmente que está aquí, Paul –respondió Fern–. Está haciéndole compañía a Katy.

Fue en ese momento cuando Paul se dio cuenta de que Katy se estaba riendo. Reía y balbuceaba como si estuviera jugando con una amiga nueva. Y también se dio cuenta de que llevaba así desde que se metieron en el coche delante de la comisaría.

Ya no sabía qué pensar.

–Esto es lo más absurdo que he oído en mi vida. No quiero seguir oyendo tonterías, Fern.

Paul cerró la boca, decidido a no pronunciar una palabra más sobre el tema.

En el asiento posterior, su hija continuaba riendo y balbuceando.

CAPÍTULO 10

¿SIGUES enfadado y negándote a hablar conmigo? –le preguntó a Paul desde el umbral de la puerta del cuarto de Katy.

Paul estaba sentado en la mecedora acunando a su hija. La imagen de ambos juntos era enternecedora. A Fern le dio la impresión de estar interrumpiendo un momento especial entre padre e hija, a pesar de ser la hora en que Katy, normalmente, se echaba la siesta. No obstante, se había pasado toda la mañana esperando a que Paul le hablara sin obtener resultados.

–No estoy enfadado, Fern –respondió él–. Entra, podemos hablar aquí si quieres. Sé que debería acostar a Katy en la cuna; pero si hablamos en voz baja, no la despertaremos. Está completamente dormida y me gusta tenerla en brazos.

Paul depositó un suave beso en la frente de su hija y añadió:

–Está creciendo demasiado de prisa. Tú me has ayudado a notarlo. Quiero disfrutarla todo lo que pueda.

Al adentrarse en la habitación, a Fern le cautivó la intensidad con que Paul la miró.

—También quiero disfrutar todo el tiempo que pueda contigo, Fern —dijo él—. Al parecer, estás decidida a dejarnos pronto.

Paul había empleado un tono muy suave de voz, pero le afectó más que si le hubiera gritado esas palabras. Súbitamente, pareció faltarle el aire y las rodillas le flaquearon. Sin pensar, Fern se sentó en el suelo a unos pasos de la mecedora.

—No quiero que el tiempo que nos quede de estar juntos lo pasemos enfadados el uno con el otro —Paul se interrumpió y respiró profundamente—. Esperaba que te quedaras, pero has dejado muy claro que quieres volver a Irlanda.

Paul se humedeció los labios y ella recordó los besos que le había dado. Se le encogió el corazón.

El rostro de Paul mostró pesar.

—Siento haberte asustado anoche. Siento haberte presionado. No era mi intención asustarte de tal manera como para que llegaras a los extremos que llegaste con el fin de hacerme comprender que no querías saber nada de mí.

—Oh, pero... sí quería. Sigo queriendo.

—En ese caso, ¿por qué todas esas invenciones? —preguntó Paul, pero no había irritación ni enfado en su voz. No, estaba confuso—. ¿Por qué quieres volver a Irlanda?

¡Lo que ella quería era quedarse! Pero no podía. No podía.

—Tengo que regresar, Paul —respondió Fern—. Al menos eso tienes que comprenderlo.

Paul sacudió la cabeza.

—No te comprendo, Fern. He tratado de explicarte lo que siento por ti, pero lo único que he conseguido con eso es obligarte a inventar una sarta de tonterías. Admito que tus invenciones son muy entretenidas, pero tienes que reconocer que lo que dices es una locura. Y luego la ocurrencia de ir a Central Park en mitad de la noche tú sola. Todavía no sé cómo llegaste.

Paul se interrumpió y pareció contener un estremecimiento.

—No quiero ni pensar en los riesgos que has corrido.

Fern deseó acariciarle el rostro, tocarle, pero no se atrevió. Corría el riesgo de perder por completo sus poderes, lo presentía. Temía que cualquier contacto físico con Paul le impidiera volver a realizar la metamorfosis.

—Siento que te preocuparas, de verdad que lo siento. Pero Gillie necesitaba...

Paul dejó escapar el aire sonoramente. Después, esbozó una triste sonrisa.

—¿En serio crees que esa historia del hada que me has contado va a cambiar lo que siento por ti? Pues te equivocas. Aunque me dijeras que eres una sirena me daría igual. Sin embargo, sigo queriendo saber que...

—Paul, no digas nada más —Fern sintió una imperiosa necesidad de hacerle callar—. Por favor, no continúes, es peligroso para mí. Lo digo en serio. Verás... lo peligroso es lo que yo siento por ti, ha estado a punto de hacerme perder los poderes. No puedo permitirte que sigas hablando de ello.

Paul apretó los labios y guardó silencio.

Fern le dedicó una leve sonrisa.

—Soy un hada, Paul, y me gusta serlo. Es una vida muy alegre la de las hadas, libre. Y vivimos siempre. Bueno, nuestra vida no es exactamente eterna, pero dura cientos y cientos de años.

Paul la miró fijamente.

—Sí, ya sé que no crees ni una palabra de lo que te estoy diciendo, Paul. No sabes lo que me gustaría encontrar la forma de convencerte.

De repente, el rostro de Fern se iluminó.

—Paul, conocía a Maire desde que era un bebé. Jugaba con ella igual que he jugado con Katy cuando habéis ido a Irlanda de visita.

—Fern, por favor.

—No, en serio —insistió ella. Tenía que encontrar la forma de persuadirle de que estaba diciendo la verdad—. Puedo contarte muchas cosas sobre ella. Era un bebé encantador. Tenía la piel muy blanca, como la mayoría de la gente de la isla Esmeralda, pero el pelo tan negro como el azabache, espeso y liso.

Cerrando los ojos, Fern reavivó su memoria. Pensó en los ratos felices que había pasado con Maire.

—Y tenía los ojos azules como el cielo de verano, le brillaban de curiosidad, entusiasmo e inteligencia. Y cómo le gustaba reír. ¡Era muy creativa! —los ojos de Fern se agradaron y la sonrisa se hizo más abierta—. Le encantaba cantar y bailar. Cuando ya andaba, entretenía a todos los del pueblo con las canciones que se inventaba. ¿Sabías que también escribía poesía? Escribió libros de poesía con ilustraciones propias. Pero esos libros los escondió, no quería que los viera nadie, ni siquiera su madre. Los escondió en la parte de atrás de su armario. Y lo hizo antes de que le llegara el tiempo en el que se cuestionara la existencia de las criaturas mágicas.

Paul se había quedado inmóvil.

—Los niños pueden vernos —dijo Fern en voz baja—. Maire me veía, y también a mis amigas hadas. En general, los niños, cuando se van haciendo mayores, dejan de creer; hacen demasiado caso a los adultos, que no creen en nosotros. Los niños dejan de creer en la magia, en el mundo mágico. Eso es lo que ocurre normalmente; sin embargo, Maire no se olvidó del todo de nosotros. El recuerdo se hizo vago en ella, pero seguía vivo. ¿De dónde crees que ha salido todo esto?

Fern extendió los brazos, indicando el mural que Maire había pintado para su hija.

Señalando un hada en la pared, Fern dijo:

—Ahí está la prueba de que nunca me olvidó. Igual que yo no me olvidé de ella. Me pintó en esa pared y también hizo un dibujo mío en el libro. No, Paul, yo tampoco me olvidé de ella. Fueron esos recuerdos los que me hicieron volver al cuarto de Katy cuando estuvo de visita en Irlanda. Hasta cierto punto, podría decirse que Maire me llevó hasta Katy. Ella también me trajo a ti. Es por ella, por creer en mí, por lo que fui capaz de poder ayudarte cuando me necesitaste.

En silencio, Paul contempló el mural, fijándose en la criatura mágica que Fern había señalado.

El repentino alivio que sintió la hizo relajarse. Se había explicado lo mejor posible, no podía hacer nada más.

Los labios de Fern esbozaron una sonrisa.

–No importa que no me creas. Eres humano, un humano adulto. Los humanos adultos no creen. De hecho, es vuestra incredulidad lo que nos protege. Lo único que realmente quiero que comprendas es que, aunque puede que yo no quiera regresar a Sidhe, debo hacerlo. Es de donde vengo y es el lugar al que pertenezco.

Paul se quedó en silencio durante un buen rato. Sentado, la miraba con intensidad.

Por fin, murmuró:

–Si tienes que regresar a Sidhe, yo me aseguraré de que vayas.

Una suave brisa estival movió las cortinas de la habitación de Katy. Con ternura, Paul tumbó a su hija en la cuna y la cubrió con una colcha. Su hija era un tesoro, pensó mirándola.

Fern se había marchado hacía un momento, dejándole a solas con Katy. Él le había prometido buscar en Internet el primer vuelo que saliera para Irlanda. También le había prometido llevarla al aeropuerto.

Al levantar la cabeza para mirar al hada pintada en la pared, el hada con rizos cobrizos que Maire había colocado delante de la cuna de su hija, Paul reflexionó sobre lo que Fern le había dicho.

¿Cómo podía saber Fern todas esas cosas de Maire? Por supuesto, la descripción física podía haberla sacado de las fotos que había por toda la casa. No obstante, Fern había descrito el carácter de su difunta esposa a la perfección. Maire había poseído una cualidad infantil que la madurez no había logrado hacer desaparecer.

En ese último viaje que él había hecho a Irlanda, los padres de Maire se habían sobrepuesto al dolor de su pérdida hasta el punto de poder disfrutar hablando de ella. Le dijeron que, en el pueblo, a Maire la llamaban «pequeño rayo de luz» porque a todos hacía sonreír con sus bailes y sus canciones inventadas.

Él no había sabido nada de eso hasta que sus suegros se lo dijeron. Lo que sí sabía era la afición de Maire a escribir poesía desde muy tierna edad.

Paul salió del cuarto de Katy. Sentía la imperiosa necesidad de ver el contenido de la caja con las cosas de Maire. Jamás se le había pasado por la cabeza deshacerse de ella, a sabiendas de que, algún día, a Katy le gustaría ver los objetos que habían pertenecido a la madre a la que no conoció.

Se detuvo en el pasillo. La casa parecía vacía. Se preguntó adónde habría ido Fern.

La puerta del ático se abrió con un crujido. Subió con cuidado la estrecha escalinata.

Hacía calor en el desván y el polvo cubría los muebles almacenados allí y los baúles. Paul se acercó a una estantería y agarró una caja de cedro. La abrió.

Rebuscó entre los objetos de la infancia de Maire: fotos, un yo-yó, una tarjeta de felicitación, un diario... y, en el fondo de la caja, encontró lo que estaba buscando. Un libro de poesía hecho a mano.

Paul sacó de la caja el delicado volumen de cartón y volvió a depositar la caja en la estantería. Sonrió al ver las flores dibujadas en la cubierta. Se veía que estaban dibujadas por un niño, pero también que el niño en cuestión mostraba un gran sentido artístico.

Con cuidado, Paul abrió el libro por la mitad y leyó una larga y elaborada oda sobre la naturaleza y las cosas que ofrecía. Sí, a Maire le había encantado escribir poesía. Utilizaba el verso y la rima para expresar lo que pensaba sobre cualquier cosa. De niña había creado su propios libros, y los había guardado en secreto. Eran su tesoro, le había dicho a él cuando se lo contó después de casarse.

Sin embargo, Fern lo sabía.

Un brillo en la periferia de la vista llamó su atención. Pero cuando volvió el rostro, no vio nada fuera de lo normal. Suspiró y reanudó la lectura del libro de poesía infantil de Maire.

Entonces, lo vio otra vez; o creyó que lo vio. Pero cada vez que intentaba capturar la luz con los ojos, desaparecía. Hizo un esfuerzo por relajarse y bajó la vista al suelo, con todo su cuerpo vigilante.

Fue entonces cuando lo vio. Era como el reflejo del cristal al sol.

La lógica y la razón iban en contra de la creencia. Sin embargo, sin pensarlo mucho, Paul susurró:

—¿Fern?

Y sonrió.

—Fern, creo —dijo Paul en voz más alta.

El aeropuerto estaba rebosante de actividad.

Paul había cumplido su promesa, había mirado en Internet y se había enterado de la hora a la que salía el primer vuelo para Irlanda.

Tras el encuentro con Paul en el desván, Fern había decidido transformarse en humana e ir a dar un paseo por la pradera de detrás de la casa de Paul. Gillie le había advertido del peligro de la aventura, pero ella se había echado a reír. Las hadas no podían resistirse a las aventuras, peligrosas o no. Además, quería experimentar el mundo de los mortales por última vez.

Había disfrutado enormemente el calor del sol, la hierba bajo sus pies y la brisa acariciándole la piel. Y esa piel tenía millones de terminaciones nerviosas que anhelaban el contacto con Paul.

Paul había prendido un misterioso fuego en ella. La había hecho sentir cosas extrañas y maravillosas.

Sus caricias. Sus besos. Sólo con pensar en ello... Había secretos aún no descubiertos y sólo podría descubrirlos si permanecía en su estado humano.

Fue en ese instante cuando se dio cuenta.

¡Tenía elección!

El descubrimiento le causó excitación, pero también miedo. Quiso correr para hablar con Paul, para discutir con él las opciones que tenía.

Sin embargo, al volver a la casa, lo encontró diferente. Algo había cambiado en él, algo que la hizo contenerse. Y cuando él la miró, vio en los ojos de Paul asombro, pero también temor.

Durante el trayecto al aeropuerto, ambos habían guardado silencio. Katy, en el asiento posterior, reía con Gillie.

–Ése es el número del vuelo –le dijo Paul deteniéndose delante de una de las pantallas con la lista de las salidas de los vuelos–. La Puerta A siete es la tuya. El vuelo no está retrasado. Tú... y Gillie no podéis perder tiempo.

Fern no sabía qué pensar. Se volvió a él, pero fue incapaz de sonreír.

–Tenemos que despedirnos.

Paul se pasó a su hija de un brazo a otro. Gillie había hecho un excelente trabajo distrayéndola durante el trayecto de la casa al aeropuerto.

A Fern le dio la impresión de que Paul quería decirle algo. Deseó que lo hiciera. Cualquier cosa era mejor que ese silencio.

Por fin, Fern no pudo aguantar más.

–Quiero que sepas que lo he pasado muy bien –dijo ella–. Sé que me va a costar más de una reprimenda y que quizá me sienta marginada durante un tiempo, pero... En fin, ha valido la pena. Ha sido maravilloso estar contigo... y con Katy, por supuesto.

Paul la miró fijamente con una extraña expresión en los ojos. ¿Angustia? ¿Desesperación? Fern no lo sabía exactamente.

Por fin, Paul dijo:

—No quiero despedirme de ti, Fern. Ya he sufrido demasiado, no quiero seguir sufriendo. No quiero perderte —Paul apretó los labios y sacudió la cabeza—. Me parece que no me estoy expresando muy bien.

El dolor le humedeció los ojos.

—Es irónico que un hombre que se gana la vida jugando con las palabras no pueda decir lo que siente. Pero eso es lo que me pasa desde que estoy contigo, Fern, el mundo me da vueltas.

A Fern se le hizo un nudo en el estómago.

—¿Ha sido malo para ti que viniera?

—¿Cómo puedes hacerme una pregunta así? —Paul sacudió la cabeza—. No, claro que no. Tenerte aquí ha sido una verdadera maravilla.

Una lágrima resbaló por la mejilla de Paul.

—Ha sido una felicidad que no quiero que acabe —añadió Paul.

El mundo entero pareció iluminarse. ¡Paul no quería que aquella felicidad acabara... y ella tampoco!

Quedarse con Paul y Katy era lo que más deseaba. Prefería estar con ellos a volver a su universo encantado, a las verdes colinas de Sidhe, a sus amigos.

Y si eso era lo que quería, ¿por qué no podía tenerlo? ¿No había llegado a la conclusión de que tenía elección?

Quedarse allí, ser humana, le había dado satisfacción, un sentido a su existencia que no había experimentado en su mundo mágico.

Amaba a Paul con todo su ser y quería estar con él, aunque eso supusiera someterse a la mortalidad. Daba igual si estaba un año o cincuenta. Lo único que quería era pasar el resto de su vida, durara lo que durase, con él.

Tras tomar la decisión, se volvió a Paul con la intención de decirle lo que pensaba; pero antes de poder pronunciar palabra, oyó anunciar por los altavoces el número de su vuelo.

Fern parpadeó.

—¡Tenemos que despedirnos!

Paul le acarició la mejilla.

—Adiós, mi dulce Fern.

Ella abrió mucho los ojos y le tomó la mano.

—No, no me digas adiós a mí, sino a Gillie —dijo Fern—. Tiene que meterse en el avión inmediatamente si no quiere perderlo.

Una inmensa alegría le hizo sonreír.

—¿Te quedas?

Fern sonrió traviesamente.

—Ni el dullahan haría que me marche ahora que sé que quieres que me quede.

Paul la abrazó.

—Quiero que te quedes.

Un reconfortante calor la envolvió.

–Cuando estábamos en el desván y dijiste que creías, me pareció como si el corazón fuera a salírseme del pecho, Paul. Se necesita mucho valor para admitir algo que para vosotros es tan descabellado.

Paul lanzó una carcajada.

–No tuve que mostrar tanto valor, Fern, estaba solo. O casi solo. Nadie me oyó, aparte de ti.

–En eso te equivocas, Paul –le dijo Fern–. El universo lo oye todo. Uno no puede echarse atrás.

–No quiero hacerlo.

Tras vacilar un momento, Fern dijo:

–Tenía mucho miedo. Después de decir que creías, empezaste a mirarme de una forma muy extraña, lo vi en tus ojos. Era como si pensases que soy un monstruo.

Paul negó con la cabeza.

–No, no era eso en absoluto. En primer lugar, estaba atónito. Luego... me sentía sobrecogido.

Fern sintió una inmensa alegría.

–Es tal y como tú has dicho –continuó él–: cuando somos niños, creemos en la magia y en las hadas; pero cuando nos hacemos mayores, acaban convenciéndonos de que esas cosas no son reales. Pero tú me has hecho ver que la magia está presente, que los cuentos de hadas son reales y que los finales felices existen.

Paul la besó en la punta de la nariz y añadió:

–Lo que verdaderamente importa es que este cuento de hadas va a tener un final feliz.

Entonces, Paul pareció preocupado de repente:

–Fern, los humanos no vivimos eternamente. Vas a tener que renunciar a mucho si permaneces como ser humano. Quizá sea demasiado.

Con ternura, Fern le puso los dedos en los labios.

–Sería capaz de renunciar a todo lo que el mundo mágico puede ofrecer por pasar sólo un día contigo, Paul.

Una inmensa gratitud oscureció los ojos de él.

–Te amo, Fern.

Paul bajó la cabeza para besarla, pero antes Fern consiguió susurrar junto a sus labios:

–Y yo también te amo, Paul. Y te amaré por siempre jamás.

Sus labios se unieron en un dulce beso lleno de promesas.

Los altavoces volvieron a llamar a los últimos pasajeros del vuelo a Irlanda.

Fern interrumpió el beso.

–¡Gillie! –miró a su alrededor–. Gillie, saluda de mi parte a todo el mundo en Sidhe. Diles que no se preocupen por mí, que estoy bien.

Fern rodeó la cintura de Paul con un brazo y añadió:

–Estoy donde tengo que estar.

EPÍLOGO

FERN estaba sentada junto a la ventana contemplando la niebla que cubría las colinas del campo irlandés. No podía creer la felicidad y la satisfacción que sentía.

Su vida de hada había estado llena de diversión y frivolidad. Y, por supuesto, había disfrutado. Pero ahora, su vida tenía más sentido para ella.

El amor era algo muy poderoso. Cuanto más se daba, más se recibía. Era magia. ¡Pura magia!

Le parecía que existía para amar a Paul y a Katy. Y saber que él también la amaba, que se había entregado a ella en cuerpo y alma, era algo a lo que no podía poner nombre. No, no podía describir la belleza de ese milagro.

Paul y ella se habían casado en Irlanda dos meses después de dejar a Gillie en el avión. Habían tenido que estirar la verdad para conseguir para ella los documentos necesarios. Por fin, el sacerdote les había declarado marido y mujer.

Katy había asistido a la ceremonia, igual que los padres de Maire, que habían sido los testigos de la boda. Se habían encariñado con ella desde el primer momento, y estaban encantados de que Paul se hubiera casado con otra irlandesa.

Irlanda era el lugar perfecto para la ceremonia. Paul y ella habían ido de viaje al norte para pasar unos días solos, su luna de miel. Katy se había quedado con sus abuelos.

Fern sonrió, cosa que no dejaba de hacer últimamente. Lo único que tenía que hacer era pensar en Paul y sonreía.

Era de noche, hora de ir a la cama. Era el momento del día preferido de ella.

Por las noches, en la oscuridad, en la cama, los dos habían descubierto los secretos que ella tan desesperadamente había buscado.

Sonrió traviesamente, con languidez y sensualidad. Paul reavivaba esa parte de ella, ese deseo que culminaba con una intensa satisfacción.

Los secretos que Paul le había revelado eran asombrosos. El enigma de lo que ocurría entre un hombre y una mujer era algo por lo que valía la pena ser mortal.

En ese momento, Fern vio unas luces parpadeantes afuera. Brillantes cuerpos diminutos que revoloteaban delante de la ventana.

Fern se echó a reír, encantada de que sus amigas hadas hubieran ido a visitarla.

—Soy feliz —les dijo—. Soy más feliz de lo que había creído posible.

Paul le rodeó la cintura y su aliento le acarició el oído.

—Yo también soy feliz —murmuró él.

Fern se volvió y vio que Paul no se había dirigido a ella, sino a las hadas que habían ido a verlos. Aunque no podía ver sus pequeñas caras, podía sentir su felicidad. Sus amigas estaban encantadas de que fuera tan feliz y le desearon lo mejor.

Paul la levantó en sus brazos y la besó en la boca. El deseo se le agarró al estómago, deseosa de darle placer y de recibirlo.

–Te necesito –susurró Paul–. Vamos a la cama.

–Creo que es la mejor cosa que he oído en todo el día –contestó Fern.

Bianca®...
la seducción y fascinación del romance

No te pierdas las emociones que te brindan los títulos de Harlequin® Bianca®.

¡Pídelos ya! Y recibe un descuento especial por la orden de dos o más títulos.

HB#33547	UNA PAREJA DE TRES	$3.50 ☐
HB#33549	LA NOVIA DEL SÁBADO	$3.50 ☐
HB#33550	MENSAJE DE AMOR	$3.50 ☐
HB#33553	MÁS QUE AMANTE	$3.50 ☐
HB#33555	EN EL DÍA DE LOS ENAMORADOS	$3.50 ☐

(cantidades disponibles limitadas en algunos títulos)
CANTIDAD TOTAL $ _____
DESCUENTO: 10% PARA 2 Ó MÁS TÍTULOS $ _____
GASTOS DE CORREOS Y MANIPULACIÓN $ _____
(1$ por 1 libro, 50 centavos por cada libro adicional)

IMPUESTOS* $ _____

TOTAL A PAGAR $ _____
(Cheque o money order—rogamos no enviar dinero en efectivo)

Para hacer el pedido, rellene y envíe este impreso con su nombre, dirección y zip code junto con un cheque o money order por el importe total arriba mencionado, a nombre de Harlequin Bianca, 3010 Walden Avenue, P.O. Box 9077, Buffalo, NY 14269-9047.

Nombre: _____

Dirección: _____ Ciudad: _____

Estado: _____ Zip Code: _____

Nº de cuenta (si fuera necesario):_____

*Los residentes en Nueva York deben añadir los impuestos locales.

Harlequin Bianca®

BIANCA

¿Cuál era el secreto del hijo del latin lover?

Scarlet Smith había ocultado a Roman O'Hagan la existencia de su hijo, pero ahora él quería saber cómo era posible que una mujer con la que jamás se había acostado afirmara que tenía un hijo suyo. Y en cuanto sus vidas se cruzaron, Scarlet tuvo que admitir que entre ellos había algo más que atracción. ¿Podría mantener en secreto las circunstancias del nacimiento del niño?

No, cuando lo que él quería era vengarse... acostándose con ella.

EL HIJO SECRETO DEL ITALIANO
Kim Lawrence

¡YA EN TU PUNTO DE VENTA!

Deseo

JAULA DE ORO
Sheri WhiteFeather

En otro tiempo había sido la amante de un poderoso mafioso y ahora Natalie Pascal volvía a estar atrapada, pero de muy diferente manera. El que la apresaba era el agente especial Zack Ryder, el guapísimo encargado de darle una nueva identidad y una oportunidad de limpiar su oscuro pasado. Y no pasó mucho tiempo antes de que se convirtiera en el único capaz de consolarla, el único capaz de ahuyentar sus pesadillas con sólo acariciarla.

Zack siempre obedecía las reglas, y eso significaba no relacionarse íntimamente con una testigo. Pronto ella tendría una nueva vida de la que él no sabría nada...

El deseo que sentía por ella le impedía ver el peligro que se acercaba...

¡YA EN TU PUNTO DE VENTA!

DESPERTANDO A LA TENTACIÓN
Jamie Sobrato

¡Una aventura sexy era justo lo que ella necesitaba!

A diferencia de sus amigos, Juliet Emory era capaz de cualquier cosa con tal de evitar el altar. La vida de soltera era demasiado divertida como para atarse a un solo hombre. El guapísimo Cole Matheson era un buen ejemplo. Quizá fuera un poco puritano para Juliet, pero sus increíbles besos revelaban una pasión oculta bajo su apariencia de buen chico.

Cole no solía tener aventuras... hasta que conoció a Juliet. Aquella mujer era una tentación a la que nadie podría resistirse, así que Cole accedió a aquella aventura sólo con la intención de retenerla en su cama. Pero sus sentimientos no tardaron mucho en hacerse más y más profundos. ¿Cómo podría convencerla de que la mejor aventura era aquélla que llegaba después del compromiso?

Fuego
SI LEES ESTA NOVELA...

Te volverás adicta a las historias de pasión, al amor que quema...

¡YA EN TU PUNTO DE VENTA!